目から鱗が落ちる話

［増補改訂版］

村田 翠
MIDORI MURATA

JN059705

幻冬舎
MC

目次

著者本人による前書きに代えて 4
序 10
第1章 12
第2章 25
第3章 48
第4章 65
第5章 127
著者本人による後書き 180
増補改訂版によせて 188

著者本人による前書きに代えて

村田さんは近頃の人が言うところの「コミュ障」なのだろう。「ビミョーな」場面で言葉足らずのことが多く、しばしば実際以上に悪い人柄に見られてしまうようだ。非常にはにかみ屋なところが、愛嬌のない表情と円滑さを欠く会話のせいで、傲慢な人物だと思われてしまいがちだ。確かに少々傲慢なところは有るけれど、彼女は特に悪い人ではない。大学で彼女と知り合った私はたまたま彼女と話す機会が他の人達より多かったので、それが分かった。「あなたには棘が無いから話し易い」と彼女に言われたけれど、それはいつもお気楽に生きている私への賞め言葉だと素直に思っている。

彼女が二十才《はたち》前後の頃、「何なのだ、これは」と人々が驚くような著作をしたいと語ったことを憶えている。明晰な文章が並んでいるのに、何が書かれているかについては考え込まされる著作。それを読む前と後とで、その人に見える景色が一変してしまう著作。外国語に翻訳し易いのに、翻訳書を読んだ外国の人が是非とも原文を読みたいと思い、そのために日本語を勉強してくれるような、そんな著作。ふーんと思いながら私は聞いていたけれど、そういうものを書けると本気で思っていたとすれば、やはり彼女は傲慢だったということかしら。

ところが彼女は二十代半ばで、執筆活動は今後一切するまいと決意したのだそうだ。「まとまった書き物など今後は一切しない。発信はせず、ひたすら受信に徹すると決めた」ということだった。大学卒業後、居住地が遠く離れていて、彼女とは年賀状のやり取りくらいになっていた私は、三十代の半ばで偶然彼女とまとまった話をする機会が有ってそう聞いた。私は大学院には進学しなかったので、彼女にそう決意させるほどの何があったのかは知らない。彼女も理由は詳しく語らなかった。学部生の頃の彼女を振り返ると、研究室で会うか図書館で見かけるかのどちらかしかなかったことを改めて思い出したものだ。三十代半ばの彼女はその時、「小学生の頃に考えていたように生物学の研究を目指せば良かったのかも」と笑いながら言っていたけれど。

そんな彼女が五十代になってから、やはりこれだけは書いておきたいし、人々に読んでもらいたいと、この著作の執筆と推敲を重ねてきたらしい。これを出版したいと思っているけれど一度読んでみてほしいと、彼女が先日私に連絡してきた。原稿を読み進めながら私は、（おそらく彼女が昔言ったのとは違う意味で）「いったい何だこれは」と思ったけれども、最後まで読んだら「あーなるほど」と合点がいった。大学でほとんど人付き合いをせず、個人的な話題を口にすることが無く、不機嫌そうな表情をしていることが多かった彼女について、「なるほどそーだったのか」と納得できた。その意味で私には正に「目からウロコ」だった。もちろん彼女がこの著作で意図するものとは全く違うはずだけれども。

これは彼女がかつて書きたいと考えていた分野の著作ではないのだろうが、もし何か一つだけ書くとしたら、彼女の心の奥にずっとわだかまっていたものを解きほぐす内容にならざるを得なかったのだろう。でも、「目からウロコ」はたいてい軽いノリで使われているというのに、題名はこれでいいのかしらと私は思った。しかし彼女はさしあたってこの題しか思い付かなかったらしい。まあ「目からウロコ」のそもそもの由来、聖パウロの故事を思えば、なるほどこれでいいのかもしれない。尤も彼女によれば、聖パウロは「ちょっと残念」なのだそうだ。そう言われても私にはぴんと来ないけれど。

そしてまた、キリスト教に馴染みの無い人には読み辛いのでは？と彼女に尋ねたら、かえってキリスト教徒でない人のほうが読み易いと思うという返事だった。そう言われれば確かに、この著作に頻出する「ナザレの人」は「ベツレヘムで生まれた神の子」ではない。彼女によれば、約二千年前にごく普通の家族の中で生まれ育ち、思うところがあって四十才前後の数年間にとても目立つ行動をした結果、刑死するに至った一人の男性が「ナザレの人」だ。そしてそんな昔に遠い異郷の地で生きた人について具体的にあれこれ書いているのは「何の資格があってのことか」と問われたら、彼女はこう答えるのだそうだ。「これは単なるお話です」

それにしても面白くて楽しいわけでもない「こんな話」を私はどうして書こうとしているんだろう、もう止《や》めておけばいいのでは、という思いは何度となく彼女に生じたそうだ。しかしその度に必ず、「お書きなさい」という促しに他ならないものを生活の中で見聞きした、と彼女は言った。さすがにそのあたりになると、ちょっと私にはついていけない。ともあれ私は、彼女のこの著作は最初から順を追って読んで頂きたいと思う。少なくとも最初の読者である私は、強くそう思った。

青山　梢

序

その花は光の春の中《うち》に咲く。陽ざしが少し力強さを取り戻したと実感できる頃、風はまだ身を切る冷たさの一月下旬には既に、その花は開花の準備を着々と整えている。陽当たりの良い斜面に群生して咲く様子は見事だけれど、石垣の隙間や道路脇の少しの空地などでも低く地を這って育つ草花。赤みを帯びた茎に、浅い鋸歯の入った丸っこい葉が幾つも付いて、その葉の付け根から、こんなに細くて大丈夫かしらと心配になるほど細い花柄《かへい》がすっと伸びて、立春を過ぎた頃から次々に開花していく。

それは良く晴れた空の欠片《かけら》が降ってきて、そのまま咲いたような花。一面に晴れ渡った空にも色の濃淡があるように、その小さな青い合弁花もくっきり色分けされている。直径一センチ程の花が不均等に四つに区切られ、最も大きな区画が濃い青紫色で、反対側の最も小さい区画は白っぽい。そして残りの二区画は、ほぼ同じ大きさと青い色で向き合っている。どの区画にも細い筋が六本ほど入っているのが、何とも洒落たアクセントだ。大きくてもせいぜい一センチ程度のどの花もどの花も見事にその造りになっていることが、同種の草花なのだから当然ではあるにしろ、やはり見る度に感心させられる。

陽が当たるのなら、条件の悪い小さなスペースにほんの一株だけでも育つ草だが、南向きの斜面に数多くの株が群生して咲いているその花の様子は、緑の葉の中のたくさんの青い輝きがこのうえもなく美しい。早春の陽当たりの良い斜面の土は、触れると思いの外温かくて驚かされる。だから風はこんなに冷たいのに、低く地に沿って元気に咲いているんだ。陽光に素直に応えて咲くこの早春の花に、私はいつも元気づけられる。

第1章

未曽有の大地震によって壊滅的な被害を受けた町。数キロメートル四方に渡って多くの建物が倒壊し、どこが道路だったのかも判然としないほど瓦礫に覆い尽くされてしまった。

自宅が潰れ、折れた建材や倒れた家具に挟まれて身動きできなくなった兄がいる。弟は壊れた家からなんとか抜け出すことができ、軽傷を負った程度で済んだ。弟は兄を助け出そうとするが、重なり合った瓦礫は自分一人ではどうしようもない。数人の手助けが有れば何とかなるだろう。しかしほとんどの家が倒壊し、皆が被災したこの周辺では人手を望めない。通常ならすぐに到着するはずの公的救援も、今は望めそうにない。でも何とか兄を助けたい。何とかならないか。どうにかして兄の身体を抜け出させられないか。弟はいろいろやってみるが、うまくいかない。

向こうのほうで火事が起きているようだ。風向きからして、ここにも延焼するだろう。急がなければ。何とか兄の身体を瓦礫の中から引っぱり出したい。でも自分一人ではどうにもならない。火が迫ってくる。

兄は弟に言う。「早く逃げろ。おまえは絶対死ぬな。息子は三才にもなっていない。頼む。おまえが育ててくれ」兄の妻の死後、兄の子は自分達の母親が預ってくれている。俺達兄弟は二人一緒にこの町で仕事をしてきた。数十キロ離れたあの町なら、母と甥はおそらく無事でいるだろう。自分はここで死んではならない。でも、兄を何とか助けられないのか。何とかならないのか。余震でうまく隙間ができるとか?それとも何か思いもよらないことで?混乱する頭で、弟はその場を離れられない。ひょっとして助け出せるのではないか。何とかなるのではないか。いや何ともならない。助け出せる状況ではない。それなのにぎりぎりのぎりぎりまで弟はその場から立ち去れない。

兄は言う。「早く逃げろ。火傷を負うぞ。おまえは早く母《おふくろ》の所へ行け」「大丈夫、ちゃんと逃げるよ。でもあと少しで隙間ができるんじゃないか」「そんなことしてたらおまえが火傷する。いいから早く逃げろ」
自分が大怪我をしてはいけないと弟は分かっている。兄から甥を託されたのだから。自分がここで死ぬわけにはいかないこと、早くこの場から立ち去らねばならないことを、弟は分かっている。でも弟は立ち去れない。飛んできた火の粉で所々火傷するまで、弟はその場から立ち去れない。いよいよぎりぎりの時まで、立ち去ることができない。兄は死ぬ。身体を挟まれたまま焼け死ぬ。しかし弟は死ぬわけにはいかない。本当にぎりぎりの時になれば、弟は立ち去るしかない。

二千年前、月明かりが無ければ夜は真暗闇
「私が捕らわれる時には、あなた達は素早く逃げなさい。私はあなた達にことばを託した。できるだけ多くの人達にことばを伝えてほしい。私はじきに死なねばならないが、あなた達はまだ死んではならない」
しかし弟子達の中でも最も近い者は、ためらわずに素早く逃げられるだろうか。

師は言う。「あなたは速やかに立ち去らねばならない。私の近くに留まることは危険だ。あなたの顔を見知っている者は多い。夜の闇の内ならともかく、朝になってしまったら逃げおおせないぞ」「もちろんすぐに立ち去ります。心配なさらないでください」「あなたは本当にそうできるだろうか。私の近くに留まっていれば、あなたは私とのつながりを二度、三度と否定しなければならない状況《はめ》になるぞ。明るくなる前に必ず立ち去りなさい。鶏が鳴いたら、それが限界だ」「大丈夫です。必ず速やかに逃げ去ります。先生とのつながりを否定しなければならない状況《はめ》には決してなりません」

けれども弟子は、実際には素早く逃げることができない。先生の近くに居てどうする。何もできないのに。苦渋の時間を過ごされた後《のち》、刑死を覚悟なさった先生が逃げようとされるはずもないのに。夜陰に紛れて皆で地元に帰りましょうと提案したら、きつく窘《たしな》められた。地元へ帰って、いやもっと辺鄙な土地へ行って細々と共同生活をしていれば、先生も私達もきっと安全ですと言ったら、こっぴどく叱られた。我が身の保全を優先してどうする。ことばは秘匿《かく》されてはならないのだ。人の心を照らす灯明《あかり》が隠されてはならない。できるだけ多くの人々に灯明を手渡すために、師はその時、死なねばならず、弟子達はその時、死んではならない。

先生を許し難い不届き者と敵視するあの人達は、先生一人を公に罪人として処刑すれば、「危険思想、世を惑わす妄言」がじきに雲散霧消すると考えている。だからといって私達弟子が見逃され安全なわけではない。中心人物は罪人として公に処刑され、酷《むご》い死に様を衆目に晒す必要が有るが、付き従っている連中は自分達で適当に始末すればよいと彼らは考えている。しかし私達が皆、消されてしまうわけにはいかない。託されたことばを伝え広めるために、生き延びなければならない。

でも私は、先生の近くから立ち去れない。捕らわれた先生が、どんな酷《ひど》い扱いを受けるかと思うにつけ。あぁ、本当に酷い。そして有りそうにないけれど、もし、もしも先生が翻意されて逃げてしまおうと決断されたなら、何としてでもお助けする。先生は覚悟されるまでにあれほど苦しんでおられたのだから。夜の闇の中なら顔を見分けられずに済む。まだ先生の近くに留まっていられる。暗がりの中で、誰かが私を不審に思う。慌ててごまかそうとする。訛を聞き咎められる。「そうだ、先生と同じ訛だ。俺は先生に従う者だ！」と叫べるならどんなに良いか。しかし今、そうしてはならない。結局何もできない私が、ここに留まっていてどうなるというのか。何《なん》にもできないのに。早く立ち去るべきなのに。でもここから離れられない。朝が来て、顔がはっきり見分けられるようになるまでは、ここに留まっていられる。おい、俺は一体何をしているのか。

鶏が鳴いた。すぐに明るくなってしまう。もう限界だ。こっそり素早く私は立ち去る。ひとまず安全な場所まで逃げてきたところで、私の目に涙が溢れる。明るく朗らかで頼もしく、頭の良さにいつもびっくりさせられる先生。先生は何もかも見通していらっしゃった。私がすぐに逃げ去れないことを。でも託された使命を果たすため、必ず生き延びようとすることも。だから、どのような事態が生じてしまうかも。

先生とのつながりを否定することで、私は心に傷を負う。「早く逃げなければ、おまえは二度、三度と傷を負うことになってしまうぞ」そう心配してくださった先生に向かって私は、「大丈夫です。一度でもそんな傷を負う状況《はめ》にはなりません。そうなる前に必ず逃げます」と言ったのだったけれど……。涙があとからあとから溢れ出る。涙が、止まらない。

なんとか母の住居《すまい》に辿り着き、母と甥の無事を確認できた弟は、甥の育成に懸命に取り組んだだろう。自分は焼死を免れないのに、弟の火傷を心配してくれた兄が託した子を、全力で育てただろう。二十年、三十年が経過して、大人になった甥と酒を酌み交わす機会などには、叔父の口から「おまえの父親《おやじ》を見捨ててすまなかった」という類の言葉が出ることもあっただろうか。しかし叔父さんは父を見捨てたのか。いや、そういうことじゃないと、分別を弁える大人になった甥には解るだろう。

平安の昔、東北地方で中央政府に反乱した諸将の一人であった藤原経清。彼は捕縛された後、都から乱を鎮めるべく派遣された源頼義の命令により、敢えて刃こぼれの酷《ひど》い刀でぎりぎりと時間をかけて斬首されたという。中央政府、都の支配者の側が、自分達に都合良くおとなしくまつろわぬ「辺境の奴ら」にどれほど酷い仕打ちをしたか。もちろん日本に限ったことではない。時の政治権力者が、自分に刃向かう者を許せないのは古今東西変わらない。そしてそのような「不届き者」をことさら酷たらしく苦痛を長びかせるやり方で公開処刑してきたことも。人々が政治権力者に都合良く支配されていれば良し。もし現行の権力者に反抗するような者が現れれば、見せしめに残虐な処刑をして衆目に晒さなければならない。

ナザレの人を処刑するにあたって、ローマ帝国の総督が何をためらう必要があっただろうか。属州の円滑な支配にとって有害であると告発された者を、わざわざ助けてやりたいと思う理由などどこにあるか。総督はできれば処刑したくなかったのだなどという描写は、「帝国」の国教に採用された後の捏造だろう。また、ナザレの人が絶命したら、重要建造物に破損が生じた云々も史実ではないだろう。酷い処刑が行われたからといって、超常現象が起こるでもなく、「何か不思議なこと」を期待して見に来ていた群衆はがっかりしたはずだ。

しかしナザレの人が刑死する様を、離れた所からにせよ、彼に従う人達が実際に見ていたことは疑う余地がない。師が絶命の後《のち》暫くして槍で突き刺された時に、「まず水が、そして血が」流れ出たのを彼ら彼女らは見た。元気な人間を槍で刺せば鮮血が噴出するだろうが、死後少し時間が経過していれば、「膝に水が溜まる」という水、つまり滞った体液がまず出て、それから血液がだらりと流れ出たのだろう。後になって「まず水、そして血」という事柄に何とも深遠な意味づけがされたようだが、そこにそんな意味は無い。肝心なのは、ナザレの人に従っていた人達の一部が、遠巻きにせよ、彼の刑死を確かに見たということだ。彼ら彼女らは師が酷い殺され方で死ぬ様を、本当に見たのだ。

それにしても磔刑とは何とも酷い処刑方法だ。十字に組んだ木に人間を打ちつけて無理な姿勢にすることで著しい呼吸困難の状態にさせ、何とか呼吸しようと苦しみ踠いた末に力尽き、死んでいく様を晒すとは。ナザレの人が磔刑としては思いの外短時間で絶命したのは、既に鞭打ちで多くの裂傷を負い、かなり衰弱していたからだろう。ナザレの人自身も、ローマ帝国に刃向かって磔刑に処せられた人々の酷い様子を目にしたことはあって、自らの刑死を覚悟するまでには、やはり苦しい思いをされたのだろう。師がその苦しい時間を過ごされる様子を、弟子達の何人かは眠ることなく見守っていたのだ。ためらう苦しみが有ったからこそ、田舎に逃げてしまおうという類の提案を師はきつく叱らざるを得なかった。もし、ナザレの人が地方に逃げていたら、そして人の顧みない辺鄙な土地で細々としかし和気藹々と集団生活をして生涯を終えていたら、彼の言説《ことば》は消え失せてしまったのではないか。

師が絶命する様を弟子達は本当に見た。先生はお亡くなりになった。あんなに酷い殺され方で。先生が亡くなられたというのに、私は何故生きているのだろう。託された使命を果たすために、まだ生きていなければならないらしいけれど。打ちひしがれた心で、茫然とした時間を弟子達は過ごす。でも生きているから丸一日もすれば喉も乾くし、腹も空く。どうして腹が空くのか。先生が亡くなられたというのに。くしゃみが出るのも、鼻水が流れるのも腹立たしい。腹が鳴るのも癪に障る。それでも彼ら彼女らは、水を飲まねばならないし、何か少しは口にしなければならない。打ちひしがれ、茫然としたままで。その状態で、弟子は仲間の女性から聞く。「先生が蘇えられました！」と。本当に？急いで故郷《くに》に帰らなければ。

師と共に巡り歩いた故郷《ふるさと》で、弟子は見る。日焼けした顔に晴れ々々とした笑みを湛えてよく通る声で語りかける姿を。そして聞く。「魚をどっさりすくい上げるのもよいが、私と一緒に来て、人々をどっさりすくい上げないか」と語りかけてくださったあの時そのままの声を。天上から響いてくるえも言われぬ厳かな声ではない。いつも耳にしていた馴染みの口調。いつも目にしていた健全な姿で先生が現前している。天上的なふわふわしたものではなく、しっかりと地に足のついた等身大の姿が目の前に現れて、晴れ々々とした表情で語りかけるのだ。「人々をどっさりすくい上げるのではなかったか」

筆者は全く疑わない。弟子達の前にナザレの人が健全な姿で現れたことを。酷《むご》い死に方で亡くなった人だからこそ、近親者の前に健全な姿で現れる。但し、近親者一人一人の前に個別に現れたのであって、ナザレの人に何の縁《ゆかり》も無い人達の集団が一斉に目撃するような現れ方をしたのではない。直接関わりの有った弟子達一人一人の前に現れた。だから弟子達は言う。「私も見た」「私も見た」「あなたも見たのか、私もだ」彼ら彼女らはどんなに嬉しかったことか。どれほど感動し、力付けられたことか。

親兄弟でもないのに、ほんの数年間で彼ら彼女らとそこまでの縁《えん》を結んだナザレの人。それを奇跡と呼ぶなら、その奇跡を筆者はいささかも疑わない。だから弟子達はそれぞれ違う場所で違う時に師に遭遇したが、師の姿はどれも生前そのままだった。いつも目にしていたとおりの背恰好と表情としぐさ。いつも耳にしていたとおりの声と口調で語りかけてくる。酷《むご》い死に方をした人だからこそ、生前そのままの健やかな姿で。しかし触れることはできない。指が先生の身体を素通りしてしまう。「私に触れることは許されない」こんなにはっきり姿が見えているのに。こんなにはっきり声が聞こえているのに。生前そのままの師の明瞭な姿は、一ヶ月程もすれば消える。けれども弟子達にとって、自分達が為すべき事はもはや揺るぎようがない。弟子達の活動が始まる。それが本当の出発点。

第2章

「宇宙船地球号」という表現はすっかり定着したようだが、筆者はこの言い方に違和感を持っている。なるほど大航海時代の帆船なら、それを作ったのは人間だし、それを操って航海していったのも人間だろう。しかしそもそも地球にとっては、私達人間がどれほどの存在だろうか。ぺったりと地表にへばりつくことで、やっと生存し得ている小っぽけな生物でしかない我々人間が、地球にとって特に重要な意味など持つはずがない。

地球にとっての人間の位置づけを例えで表現するなら、非常に大きな邸宅をぐるりと囲む廂に繁殖しているカビだろう。歴史ある非常に大規模な邸宅の屋根からほんの少し突き出た廂の裏に、いつからか繁殖し始めたカビ。邸の主《あるじ》が見逃してくれているうちはいいが、「さあ廂をさっぱりと清掃しよう」と勢いよく水をかけられ、ブラシでこすられたなら、一溜りもなく駆逐されてしまう。そんなカビが、自分達のとめどない増殖によって厢を腐食させ、どうやら自分達の生存が危うくなりそうだからといって、「この邸宅を守らなければ」などと言い始めたら、どれほど滑稽なことだろうか。

人類は地球の主などでは全くなく、地表の極薄い膜にへばりついてのみ生存できる脆弱な生物にすぎない。地球の表面に居れば当たり前に提供される生存条件を、宇宙空間に携行しようとすれば、大変な労力が必要となる。宇宙飛行士達は宇宙服という形で、地表面の気圧や温度・湿度等を身に纏ってのみ、宇宙空間に出て行ける。「地表」に完全に包《くる》まれていなければ人間は宇宙空間で活動できず、宇宙服に小さな穴が開くだけで、中の人間は死んでしまう。その意味で、月面を歩いた宇宙飛行士達も、「地表」から一瞬たりとも切り離されてはいなかった。「宇宙」と呼ばれるのは地上百キロメートル以遠のようだが、たとえ地上十キロメートルの上空でも、生身の人間が何の装備も無しで急に行ったなら死んでしまうはずだ。ほんの十キロメートルを地上から垂直に移動するだけで。たった十キロメートル！しかし地表面に沿っての移動なら、十キロだろうが、百キロだろうが平気だ。十キロ移動したら隣り町。百キロ移動したら隣りの県。「狭い日本」と言っても、東京から博多まで約千キロ移動したってまだ国内だ。地表に沿っての移動なら、一万キロメートルだって平気ではないか。地球表面ならどこに行こうと人間は、楽々と呼吸し自由に身体を動かして、自分達が作ったわけでもない土地や水、様々な資源を我物顔で利用している。だからつい錯覚してしまうのだろう。生身では、地球表面の極薄い膜の内でしか生存できない脆弱な生物である人間が、あたかも地球の主で、好き勝手に地球を利用して当然であるかのように。

しかし宇宙飛行士達は、すなわち宇宙服に些細な不具合が生じただけで死んでしまう状況に本当に身を置いた経験のある人達は、漆黒の宇宙空間にぽっかり浮かぶ青い地球の姿を月面から見た時に、それが人間にとってかけがえのない唯一の故郷なのだと心底実感し、人生観を一変させられるほど感動したと語っている。宇宙の暗闇を背景に浮かび上がる美しく青い地球の「映像」を目にした人は、今日では非常に多いだろう。しかし地表で生活するばかりで、実際に宇宙空間で生命の危険に晒された経験の無い人が、自宅のソファに座ってテレビ画面等に映し出される青い地球の像を何度見たところで、「あぁ綺麗だな」とは思っても、それがどれほど有り難くかけがえの無いものかを実感することは難しいのではないか。とりわけ子供の頃から図鑑やテレビ番組などで頻繁に「宇宙の暗闇に浮かぶ青い地球」の写真や映像を目にしてきたような人は、かえって感動しづらくなるのかもしれない。

もし、テレビやパソコンの画面上に映し出される地球の青く美しい姿に、人生観を根底から変えられるほど深く感動できる人々がかなり多いのなら、私達の生存を支えているこのほんの薄皮一枚の地表の環境を、まさに私達人間が着々と破壊しているという愚かな状況は、とっくの昔に止められていただろう。しかし残念ながら地球表面の環境は人間の生存に適さない状況へと、他ならぬ人間自身の活動によって現在進行形で推進されているようだ。今日では、空気中の汚染物質があまりにも多いせいで、安心して屋外で呼吸することが難しい都市が増加しているらしく、本当に恐ろしいと思う。

ほんの偶然で、人間の生存に適した状況に保たれていた地表面の環境を、自らの手でせっせと壊し続けている愚かしさはつまり、地球にとっての我々人間の取るに足りない矮小さの証だ。宇宙の尺度で考えれば、砂粒一つにも満たないほど小さな地球の、その表面にへばりついて生活している人間達。地球にとってみれば、人類など全滅したところで別に何の問題もない。ところが私達人間にとっては、この小さな天体の表面が、唯一かけがえのない住み処である広大な大地と海洋だ。そして地表での数十億年に及ぶ生物の変遷史に比べれば、ほんの一瞬にも満たないほどの僅か数十年間が、一人の人間にとってはそれなりに長い人生だ。私達人間は何と小っぽけな存在なのだろうとつくづく思う。

その小っぽけな人間達が、実は有限な地球資源を自分達に都合良く勝手に浪費しまくってきたのも、個々の人間にとって地球があまりにも大きく、その有限性を実感できないからだった。しかし地球の懐の深さへの甘えもそろそろ限界に来ているのではないか。数十人の人間達がどう生活しようと、地表面の環境はびくともしないかもしれないが、数十億人の人間達ともなればそうはいかない。乱暴な活動をしても人間達の生存を支え続けてくれた地表面も、近頃ではさすがに人類にとって危険な状況に向かっているようだ。

先の例えで言うなら、丁度良い具合に陰を提供してくれていた庇を、自分達で着々と腐食させているカビのようなものだ。庇が無くなって強い日光に直接晒されるようになれば、カビはもはや生存できないだろうに。しかもそうして庇を腐食させ続けながら、相も変わらずカビ同士で庇の上での縄張り争いを繰り広げている。

なんとも情けなく愚かな限りだけれども、人間にとってはそれが避け難い自然な成り行きなのだろう。私達は月や星を仰ぎ見ることはできても、地球の反対側で生活している人々の姿を直接目にすることはできない。すぐ目の前の事象に興味・関心を持つのは容易だが、地球の反対側で深刻な旱魃が起きて食糧難が生じていると報道されても、「そうですか」で終わりがちだ。毎晩直接見れる月は地球から38万キロメートルも離れているし、星はと言えば気の遠くなるような数百光年、数千光年という距離の向こうだ。その遠い星や月は毎晩見えるので、人間は大いに関心を持って、月の満ち欠けや惑星の動き、季節によって見える星空の違いを太古の昔から観察してきた。

その一方で、戦闘が続いて悲惨な状況に陥っている都市との距離が地表に沿ってたったの1万キロメートルにすぎなくても、その状況を直接目にするわけではない私達は、人々の苦難を実感しづらい。1万キロとは言わず、ほんの数十キロ離れた町で洪水に襲われた人々のことも、直接の知人が皆無なら積極的に援助に動くかわからない。一般的には、「夜空に見える恒星達のどれかは、人間に近い生物が居住する惑星を持っているのかもしれない」と思いを馳せることのほうが、地球の反対側で戦禍に苦しむ人々に思いを馳せるより容易であるように思える。

今日に現存する人類にとっては、宇宙のどこかに人間に似た生物が生存しているかどうかを調べるより、この地表の環境を人類生存に適した状態に保つための努力をするほうが遙かに重要で喫緊の課題であるはずだ。しかしそれでも人間は星々の観測に努力を注ぐことを止《や》められない。また止《や》める必要はないのだと思う。知的好奇心に駆られた研究を制限することで人間社会が抱える諸々の難題が解決されるわけではない。むしろ自由な研究によって実現した諸技術が様々な問題の解決に役立ってきたのだから、すぐに役立つとは思えない研究でも「止《や》めておけ」と言われる筋合いは無い。人類による月面着陸と探査は、科学技術の発展の一つの極みであり、本当に素晴らしい成果だ。１９６９年のアポロ11号による最初の月面着陸の頃にも、酷い戦争は行われていて、月面到達を果たしたその国が一方の当事者だった。当時子供だった筆者は、「今目にしているあの月に人間が行ったのか」とワクワクしたが、「どうして地球上のあちこちで戦争が続くのだろう」と真剣に考えることはなかった。月は毎晩直接見えるけれど、遠い戦場を直接見ることはない。テレビによる報道でも、月面着陸に関するものは食い入るように見たが、戦争を伝えるニュースはできれば見たくないものだった。

本当に人間はどうしようもなく厄介な生き物だ。宇宙の尺度からすれば、虫ピンの頭に付着した束の間の汚れのような人類。虫ピンの頭に油性ペンの先が軽く触れて着いた汚れのように、いとも簡単に拭い去られてしまう儚い存在でしかない人類。その人類が、同じ人間同士で延々と縄張り争いをしている。そして儚いなりになんとか手に入れた諸技術の成果を様々な場面で使いまくっているが、そのしっぺ返しとして、人類は近々大変な苦境に陥りそうな状態だ。

しかしながら、虫ピンの頭に付着した束の間の汚れでしかないような人類が積み上げてきた知的財産と諸技術は、やはり素晴らしく驚嘆すべきものだ。アポロ計画の終了後、次々に打ち上げられた無人探査機による太陽系諸惑星の調査活動などは、当時中学生だった筆者にとっては目を見張るものだった。そしてそれら探査機のスイングバイという航法が興味深かったことを憶えている。惑星の近くでその重力を利用して探査機の進行方向を変え、加速や減速をさせるスイングバイ。それを成立させるためには、惑星の厳密な軌道計算と探査機の正確な制御が必要だが、実際にそれができるということにとても感動した。

近頃にも感動したことがある。GPS衛星搭載の時計についての解説を聞いた時だ。地上約2万ｋｍの高さを時速1.4万ｋｍほどで周回しているGPS衛星に搭載されている時計は、地表の時計に比べて1秒あたり100億分の4秒ほど速く進んでしまうそうだ。速く動く者にとって時の進みは遅くなり、受ける重力が小さいほど時の進みは速くなるという2つの影響から生じる地表の時計とのズレだ。1秒あたり100億分の4秒ほどのズレが一体問題になるのかと思う人がいるかもしれないが、時計のズレを補正せずGPSを運用した場合、たった1日で、半径11kmの円内のどこかだとしか言えない程の精度に落ちてしまうらしい。それでは何か或る物の地表での位置を特定するとは言えないだろう。今日多くの人が利用し恩恵を受けているGPSの運用によっても、相対性理論の妥当性が確認されたことに改めて感動したのだった。

相対性理論の尺度は、人間が地球の表面にへばりついて活動している日常生活の尺度とは懸け離れているから、私達人間が容易に実感することはできない。だからこそ、地表で普通に生活している人間にとって自明で当然であり続けた時間・空間についての常識を壊したのだが、相対性理論もまた近代以降の自然科学の基本姿勢は変わらず踏襲している。すなわち、現象の注意深く精緻な観察・測定から理論を導出する姿勢だ。実際に観察された現象を、他の諸現象と整合的に上手く説明できる理論の構築を図る。理論に反する現象が観察されれば、理論が改訂されるべきであって、現象が無視されてはならない。もちろんその現象が、その学問研究の管轄に当然入るべきものである限りは。これを逆に言うなら、当然対象にすべき現象を無視したうえで構築された理論には意味が無いということだが、ある種の「経済学」は正にそうであって、酷《ひど》いものだと筆者は長年思ってきた。「誤った前提と不適切な捨象のうえでのポジショントーク」を物理法則かのように語るな、と思ってきた。高校の物理の問題の「但し、空気抵抗は無視する」くらいの計算で、飛行機を飛ばす話をしている者がいたら、そんなもの誰も信用しないだろうに。最近の状況は違っているのだろうか。

筆者の子供の頃の興味は、身近な自然に向けられていた。たとえば七才頃のこと、西向きの窓から常日頃夕陽を見ていて、季節によって日没の場所がずれていくことに気付いて自分が大発見をしたかのように思ったことがある。それを母に言うと、こともなげに「そうだよ。よく気付いたね。冬は南の方に夏は北の方にずれるもんね」と返ってきて、「なんだ皆知っていることなのか」と落胆したものだ。

子供の頃身の廻りには、不思議なこと面白いことが一杯だった。序の「青い花」はオオイヌノフグリだが、これは同じ合弁花でも朝顔とは違って、一旦開花しても陽差しが陰れば閉じ、また翌日に光が当たると花が開く。それを繰り返して一つの花が三日程は（おそらく受粉が完了するまで）咲く。「夕方になると」というような時刻ではなく、曇ったり、建物の陰になったり陽光が当たらなくなることで閉じるので、開閉のスイッチが光によって切り換わるんだろう。そして花弁を繰り返し開閉させるのは、朝顔のように薄くて大きな花弁では難しいだろうが、張りと厚みのある小さな花弁なら、時計廻り、反時計廻りに捻じる力が元の部分で働くことで数回の開閉が可能になるのではないか。と、当時はこのように言葉で表現することはできなかったはずだが、何かそのような具合に考えていたと思う。また、テントウムシの固い羽根の下には薄くて大きな羽根が収納されていて、飛び立つ時にはそれが一瞬で開き、着地の際にはまた一瞬で畳まれて固い羽根の下にきちんと納まる。これは驚くべきことだった。薄い大きな羽根をどうして一瞬であんなに見事に拡げたり畳んだりできるんだろう。そして薄い羽根なのに、おそらく数百回を越える開閉にどうして耐えられるのだろう。普通の折り紙なら、同じ折り線で数十回も折り直せば破れてしまうのに。小学生の頃にはこのように文章化できなかったにせよ、見るもの見るものすべてが面白かった。

ただ、子供心にとても嫌な思い出もある。昔の小学生は夏にはセミやらクワガタやらをよく捕まえていたが、同じ年頃の男の子が生きたセミの羽根をむしって胴体をそこらに放置したりしていた。それどころか生きたセミを掴んでその頭部をコンクリート壁に激しくこすりつけた子もいた。非常に嫌な気持ちになったが何も言えなかった。何が面白くてそんなことをするのか。幼稚園児はアリの行列を踏み散らしてみたり。そんなことをせずに虫や花が生きているままにじっくり観察すれば、よほど面白い事柄を見てとれるのに。でも、と思う。動植物の生態を外から見るだけでは知りえず、分解・解剖してこそ分かることも多いではないか。詳しい仕組みを知りたいからとそうすることが、丸まったダンゴ虫を踏み潰して遊んでいることとどれほど違っているのか。かなり違うのは確かだが、根本は違わない。いずれにせよ人間はどうしようもなく厄介な生き物なんだと思う気持ちは今も同じだ。

いずれにせよ筆者の興味・関心は身近な自然に惹き付けられていて、将来もそんな疑問を解明する仕事ができるようになりたいと思っていたはずなのに、十五才の時に大きな転機に遭遇した。それは万葉集に収録されている、以下の一首との出会いだった。

佐《さ》伎《き》毛《も》利《り》尓《に》由《ゆ》久《く》波《は》多《た》我《が》世《せ》登《と》刀《と》布《ふ》比《ひ》登《と》乎《を》美《み》流《る》我《が》登《と》毛《も》之《し》佐《さ》毛《も》乃《の》母《も》比《ひ》毛《も》世《せ》受《ず》

（万葉集　巻二十　四四二五）

高校入学の四月初めに、これからの一年間にどんな事を学ぶのだろうと新しい教科書をめくっていて、この歌を見つけた。もちろん当時の筆者に原文で読めるはずもない。読み方とその大意、そして解説を読んだら、そこに一人の若い女の人がいた。「ともしさ」を胸に、立ち尽くしている女の人。防人として遠い任地へと旅立ち、無事に帰るあてのない夫を見送らねばならない悲しみ。別れの辛さ。生活の先行きの心細さ。そしてそのような苦しみ、心労を免れている人の明るく屈託の無い様子を見る忌々しさ。水汲み場か洗い場か。女性達数人がおしゃべりしているが、彼女達はまだ私に気付いていない。「誰のダンナさんが防人に行くの？」と大きな声で尋ねている彼女には有る安らかな心が、今の私には無い。私に有ってほしいものが、彼女には有るのに、私には無い、欠乏している。そうして寄る辺なく細ったどうしようもない心で、私は立ち尽くしている、という女の人。

「ともし」（後の「とぼし」）という一語に込められた名状し難い思い。詠者の思いの本当の子細が筆者に分かるはずもないが、しかし筆者は、一人の若い女の人に確かに遭遇した。何を考えどう感じているかの本当のところは分かりっこない別人。名前も顔も分からない他人だけれど、その人の苦しさは私が私の生活で感じる苦しさと同じ重みとして扱われるべき誰か或る人が、確かにそこにいた。

筆者は驚いた。人は人に出会う。他の人の喜びや悲しみや諸々の想念（思い）

にではなく、どんなにか嬉しいだろうその人に、どんなに辛かっただろうこの人に、出会うのだ。人は言語を使って生活しているから、「奴は何を考えているか分かったものじゃない」とか「奴は大げさに悲しんでいるが、実はちっとも悲しくないんだ」とか「奴はもしかして、精巧なロボットなんじゃないか」とまで言うのではないか。言語を使いこなす主体同士だからこそ、人と人との間には埋め難い溝が生じてしまうと思っていた筆者は驚いた。この人の思いとその人の思いはどうしようもなく隔絶しているかもしれないけれど、人と人は言語を通じて出会える。同じ場所に一緒にいるのではない誰か或る人に、言語を通じて出会える。

私達が常日頃発している言葉が皆そうなのではないが、しかし或る種の発話がある。自分ではない、でも自分と同じ重みの別の人が確かにそこにいることを紛れもなく伝えてくる発話。その人の顔や声、姿などは分かるわけもなく、心の内の本当の子細まで分かるはずもない。その人の思いはこうであったろうかと推察するしかない。だが、「完全には分かるはずのないその人の思いが、私自身の諸々の思いと重みとしては完全に同等に扱われるべきなのだと思い知らせる」という意味で、自分とは別の誰かに遭遇《でくわ》させる発話があるのだ。それがたとえ肉声でなく、文字によって伝えられたとしても。防人の歌として所収されたあの短歌に接して、筆者は見た。「ともしさ」を胸に立ち尽くす一人の女性を。

これとは逆に、現実に同じ場所にいて、その顔を見、その声を耳にしていても、その人には会っていないことがある。その人がどう思っていようが、どう感じていようが知ったことかという姿勢なら、私はすぐ近くにいるその人に出会っていないだろう。同時に隣り合って夕陽を見ていても、私ではないAさんにはどう見えているのか、何をどう感じているかの本当のところは分かりようがない。しかし、「何を考えているか分かったものじゃないけれど、彼には彼の思いがあって、その重みは私のと同じだ」という姿勢なら、私は彼に出会えるだろう。人は他人の「思い」にではなく、「他人」に出会う。

ただし、趣味が合う合わないは重みとは別だという点は注意しておきたい。同時に同じ場所に居ても、それぞれの人の興味関心の違い、知識や体験の蓄積などの背景によって、どんな想念《おもい》を持つかは千差万別であり、そこには自分と趣味が合うかどうかによる好悪の感覚が生じるはずだ。しかし必ず生じてしまうだろう好悪の感覚と、その人の「重み」は別物だ。趣味が合うようだからより重いとか、全然合わないから軽いなどとは言えないものだ。

ともあれ当時の筆者にとっては、文字情報による「他人との遭遇」が驚きだった。私の「この私」にしても、それがどれほどの深さと広がりなのか自身でも把握できていないのに、他人の「この私」など本当のところが解るはずもない。しかし、本当のところ何を考えどう思っているのかなど解りようがないにせよ、おそらく私と同様に「この私が……」と意識しているはずの誰か、私とは別で私と対等の誰か或る人に、私は遭遇する。正確には知り得なくとも、どんなに辛かったろうか或いはどれほど嬉しかったろうかと察しざるを得ない他人に、私は出会う。

誰にとっても、「この私」という自分自身の意識が、本当のところどれほどの広さと奥行きを持っているのかは正確には把握しかねるものだろう。そうではあっても、通常の生活ではたいていどの人の「この私」も、そこそこの類型のうちのどれかとか、ほどほどの種類の属性の寄せ集めとして扱われることを許容している。許容というか、人間社会の日常的な状況では、お互いにそのように扱い合うほうが便利だし楽でもある。本当は3・1415926……どこまでもきりがないのかもしれないけれど、「3・14で丸めてもらって構いません、場合によっては3で括ってもいいですよ」あるいは、「1・41421 3……なんて細かいことまで気にせずに1・4で充分です」という態度でお互いに接するほうが、日常生活は円滑に運ぶだろう。

確かに日常的な状況では、人々がお互いを「人型に切り抜いたボール紙に属性シールをペタペタ貼り付けたもの」として扱っても支障ないかもしれない。けれども便宜として許容し合っているにすぎないことを忘れて、他人をラベルの寄せ集め扱いすることは全くもって不当だ。

一つの例を挙げる。或る中年男性が、知人と居酒屋で談笑していたところ、見知らぬ男性からいきなり強い口調で詰め寄られたそうだ。「娘が残忍な殺され方で死んだというのに、親父が酒飲んでへらへらしてていいのかよ」と。娘さんが殺人事件の被害者になってしまったその中年男性は、事件直後に顔出しして取材に応じていたので、数ヶ月後にそんなことも起きたのだろう。

しかし何と心ない言いがかりだろうか。身内が凄惨な殺人事件の被害者になったからといって、その後四六時中毎日泣き続けているわけにはいかない。もちろん彼の胸には、やり場のない怒り、嘆きなど様々な苦しみが渦巻いたままで、それらは数ヶ月と言わず、数年経っても、十数年経っても何かにつけて噴出してくるだろう。それでも生きていくなかでは、何かを食べて「あ、これはおいしい」とか、風景を見て「何て美しいんだろう」とか、「それは滑稽だ」と噴き出すような場面が彼に有ってほしいと思う。そのようにちゃんと動く心を、彼がどうか持ち続けていられますように。心があまりにも酷《ひど》い損傷を受けて、ほとんど動かなくなってしまう事態も有り得るのだから。

彼が居酒屋で知人と談笑していることを咎めだてした人は、彼に「犯罪被害者」というラベルを貼り付けて見ているだけだ。そして自分の思う「犯罪被害者」のイメージ通りの姿を見れないことに腹を立てている。丸ごと一人の人間としての彼が、どんなに辛い思いを抱えてどれほど困難な日々を過ごしているだろうかと本当に心配する姿勢を欠いて、ラベルを貼られたボール紙を見るような態度で、その人は彼に接している。それは、自分とは別の誰か或る人に接する態度として不当だ。「かわいそうな犯罪被害者」とか「頑張る健気な身体障碍者」とか「治療法の見つかっていない難病患者」が生きているわけではない。個別の事情をそれぞれ抱えた丸ごとの人間一人一人が生きているのだ。実際に生きている一人一人の人間が、それぞれ自分の状況に向き合って生活しているのだ。

但し先に述べたように、特にどうということのない日常を過ごし、平穏に生活できている者どうしなら、互いに相手を様々な属性ラベルの集合体として扱っても問題が生じない、というか、むしろ都合が良い。私達の誰もが、本当のところはどこまでもきりがなく割り切れない厄介な何かであるとしても、日常生活では適当な所で丸めた分かり易い存在として振る舞っている。そのほうがお互いに便利で円滑に生活できるから。お互いの期待に応えて、各人が分かり易いどれかの類型に該当するように振る舞うことが、平穏な日常生活ではそれほど苦もなく可能なのだ。

けれども人は時に、自分はこんなにどす黒いものを抱えていたのかとぞっとさせられるような体験、激しい怒りや憎しみで出口の見えない闇に投げ込まれてしまうような体験をする。そのような場合に、「技術」「蓄積された知識」は役に立つだろうか。ある程度は確かに役立つはずだ。「人の心にとって危機的な状況」もやはり分類はできるので、「このような体験をした人にはこう」「そのような体験をした人にはそう」という働きかけを、その人の性格傾向に合うように提供できれば、心の安定を取り戻すことに役立つのは確かだろう。もちろん、「あぁ、この人はこの類型《タイプ》ね」という決めつけが見え透く関わり方では功を奏すとは思えないけれども。

それともいっそ「悲痛な経験の記憶」を選択的に消去する技術が確立すれば、深刻な心の問題は解決するのだろうか。そして近年著しく発達しているVR《仮想現実》技術との併用で、心の深い傷に対応するのが当たり前という時代が来るのだろうか。たとえば先述の、娘さんを殺害された親御さんの記憶から、「娘さんの死亡」を消去し、娘さんは海外で元気に生活しているという仮想現実を設定して、スカイプでの会話やメールのやり取りが「いかにもそれらしく」できるようになれば、それこそ望ましいのだろうか。

第3章

どうしてこんな事になるのだろうか。どうしてこんな巡り合わせになってしまったのだろう。どんなに考えても納得のいく答に思い到らない。そんな事態はしばしば起こる。

小学五年生の仲良しの女子二人が、下級生達と一緒に車道横の通学路を歩いて登校している。運動靴の片方に小さな石が入り込んだのか、ちくちく痛いAちゃんは、「ちょっと待って。靴の中に何か入ったみたい」と言ってその場に止まる。靴を脱いで手で探り、靴の中じゃなくて靴下に小さな石が付いていたのを払い落とす。一分もかからないほんの短い間。同じ五年生のBちゃんとその弟の二年生、そして他の二人の子達も立ち止まって待っていてくれた。皆で再び歩き始めようとした時、対向車線のほうから居眠り運転の車が突っ込んできた。かなり大きな乗用車がブレーキをかけずに突っ込んだせいで、Bちゃんは死亡し、彼女の弟は片足を切断することになった。他の子達も怪我はしたが、なんとか後遺症なく治ることができた。

もし車が突っ込んだ場所がもう少し先の地点で、「あぁ危なかった。Aちゃんが止まってなかったら、丁度あの辺りを歩いていたはずだよ」という状況だったなら、Aちゃんは苦しまずに済んだろう。でもそうじゃない。Aちゃんが皆の足を止めて、他の子達が待っていてくれたその場所、民家のブロック塀に向かって車が突っ込んできた。そこにガードレールは無かった。ブロック塀のそばに立っていたBちゃんは死亡し、彼女の弟は片足を切断せざるを得なかった。それが現実だ。事故後初めてBちゃんの弟に会った際の、「Aちゃんのせいだ！Aちゃんがあんな所で止まったから、お姉ちゃんは死んじゃったんだ」という声が、Aちゃんの耳にこびり付いて離れない。

しかしAちゃんに一体何の責任があるだろうか。責められるべきは居眠り運転して歩道に突っ込んだ人であって、決してAちゃんではない。靴紐がほどけたり、靴の中に小石が入ったりすることなどは誰にでも起こりうる。その日はAちゃんが立ち止まったのだけれど、Bちゃんの靴の中に小石が入って皆に待ってもらうことだってきっとあっただろう。そしてそもそも丁度その事故の地点に皆が居合わせる状況になったのは、当日一年生のD君が待ち合わせ場所に三分程遅れてきたからではないか。いやそれでもBちゃんの弟がD君とふざけあったりせずにすたすた歩いていたら、また違っていたはずではないか。いやしかし……。そんなことを言い出したらきりがない。

結局のところ、登校中だった小学生の誰かに責任を求めることが見当違いなのだ。登校する時間帯に通学路のどの地点であろうと、歩道上に居た小学生達の誰にも非難されるいわれはない。責められるべきは、居眠り状態で対向車線側から突っ込んできた車の運転手だ。そしてもし、そこに丈夫なガードレールがあったら、たとえ自動車が突っ込んで来ようと小学生達が死傷するには至らなかったはずだという点では、行政にも責任は有るだろう。小学生の登校時間帯にかなり車両通行の多い道路なのに、ガードレールが設置されていない箇所が多い事態はいつ解消されるのか。いずれにせよ冷静に考えれば、登校仲間のAちゃんが事故の発生について何ら責められるべきでないことは明白だ。

ところでBちゃんの母親はどうだろう。Aちゃんに向かって「お姉ちゃんが死んだのはAちゃんのせいだ」となる自分の息子を制止できるだろうか。制止すると思いたい。自分の娘Bのほうが皆に「ちょっと待ってて」と言っていたかもしれないのだ。もしそれでBがAちゃんのお母さんから責められたら、それは違うと思うはず。幼稚園の頃からずっと仲良しでいたBとAちゃん。Aちゃんは何も悪くない。確かにそう。それは確かにそうなのだけれど。成長していくAちゃんを目にする時の、このもやもやした感覚は何なのだろう。拭っても拭っても払いきれないこのもやもやは。

Aちゃんのほうも苦しい年月を過ごすことになるはずだ。どうしてよりによって私が皆に「ちょっと待ってて」と言った時に事故が起こったりしたのか。よりにもよって。車が突っ込んだのがもう少し先の地点で、「あぁ怖かった。でも良かった。Aちゃんが止まっていなかったら丁度そこを歩いていたよ」と言ってもらえる状況だったらどんなに良かったか。そしてしばらくすれば、そんな事があったこと自体誰もが忘れてしまうようないつもの朝だったなら。もしそうだったなら、本当にどんなに良かったろう。でもそうじゃない。何故そうじゃないんだろう。どうしてこんな巡り合わせになってしまったんだろう。その日の朝の情景が頭にこびりついて離れない。病院でリハビリしているBちゃんの弟に会った時の「Aちゃんのせいだ！」という声が頭の中でぐるぐる回り続けている。「それは違うよ。Aちゃんのせいじゃないのよ」とBちゃんのお母さんは言ってくれたけれど。でもBちゃん自身はどう思っているのか。聞けるはずもないけどBちゃん本人は。

問うても詮ないこと、どうしたって確かな答など見つかるはずのないことを延々と気にし続けてしまうのが人間の常だろう。人によっては合理的な思考ですっきり心が晴れてしまうのかもしれない。けれども理屈で完全に納得できてしまい、何の憂いもない状態になれる人はそれほど多くないように思う。気になってしかたないAちゃん。Bちゃんが死ぬ間際に何を思ったのか。「Aちゃんがこんな所で立ち止まらせたりするから！」と心で叫んでいたのではと気になってしかたないAちゃんに、何と言ってあげればよいのだろう。「きっとBちゃんはAちゃんを恨んでいるよ」などと呪いの言葉をかけるのは酷《ひど》い。それはとんでもないことだが、しかしAちゃんに事故発生の責任など無いことを道理を尽くして説明することで、Aちゃん自身のわだかまりが消えてしまうだろうか。

また、以下のような場合はどうだろう。理由をはっきり言わずに「今度の修学旅行、行きたくない」と言っていた娘さんに、「まあそう言わずに参加しなさい。きっと後《あと》で行って良かったと思えるよ」と言葉をかけて修学旅行に送り出した父親がいる。きっと後《のち》には良い思い出になるはずだからと考えて参加を促したその旅行中に事故が起きて、娘さんが亡くなってしまった。旅行で利用したバスがカーブを曲がりきれずに道路下に転落し、死傷者が十数名生じたのだ。

どうして旅行に参加するよう言ったのかとその父親は嘆き、自分自身を責めるだろう。娘が行きたくないと言った時、それなら行かなくていいよとすんなり認めていれば良かったものを。救助された時には既に娘は心肺停止していたとのことだが、息絶えるまでに娘はどんな思いでいたのだろう。最後に何を思ったのか。「行きたくないと私が言ったのに、お父さんが行けと言ったりするから！」という怒りがあったのだろうか。もしそうだったとしたら。いやきっとそうだったろう。いやまさかそんなことは……。父親の苦しい思いは長く続く。

もちろん第三者が判断すれば、娘さんの死について父親が責めを負う理由は無い。必ず事故が起こると分かっていたはずもなく、もちろん事故を仕組んだわけでもない父親が、娘に修学旅行参加を促して、何の咎があるだろうか。娘さんは何か友達との間に気まずい事が生じて参加を渋っていたのかもしれない。ひょっとしたらそういうことなのかなと思いながらも、後々になればおそらくは何かしら良い思い出になるだろうからと考えて、「まあそう言わずに行っておいで」と親が子に参加を促すのは普通ではないか。もしかすると、旅行中に友達と仲直りできた娘さんが、「やっぱり来てよかった」と思っていたのかもしれない。もちろん「かもしれない」であって今では確かめようのないことだ。けれど確かめようはなくても、一緒に泣きながら「（お父さんを恨みながら息絶えたなんて）そんなことあるものですか」と断言する人が、たとえ一人でも居てほしいと思う。しかし確かめようがない点で同じでも、「そんなことない、と断言はできませんよね。娘さんはお父さんを恨んだかもしれませんね」と敢えてその父親に言う人は、非常に意地が悪い。「私はその可能性が有ると言っただけのことで、別に嘘をついたわけでなし間違ったことは言っていない」と言ってのける人は、人間としての感覚《センス》が悪い。或いはまた、「確かめようのないことで悶々と苦しみ悩むのは時間の無駄でしかなく愚かなことだ」と決めつける人も、感覚《センス》が悪い。生きているものにとって、良好な感覚《センス》は欠かせない。

その父親を一層苦しめたり愚か者扱いしたりするような言動が、人間としては「間違っている」と判断する感覚《センス》は、機械ではない生き物としての人間には不可欠ではないか。けれども、理屈としては間違いでなくとも、人間としては間違っていると言うべき場合が有るということを理解しない人も、時にはいるようだ。それどころか、ただでさえ苦しい状況に存る人に追い打ちをかけるような言葉を発する人がいる。山沿いの道を歩いていて落石に直撃されて亡くなった人について、きっと裏で悪事を重ねていたのだと言ったり。通り魔としか思えない犯罪の被害者になって酷い死に方をした人について、きっとその人が前世でよほどの悪事を働いたせいだと言ってみたり。誹謗中傷にも程が有ると思う。しかしそれは逆に言えば、そのような不運は実は誰の身に起きてもおかしくないことを分かっているからこそ、自分を安心させるために言うのだろう。「私は、悪い事などしていないから不慮の事故には遭わない」と。そしてまた、思わぬ災難に遭って苦境に陥っている人を助けようとはしない自分を正当化するために、「あの人はあの人自身の何らかの悪事の報いを受けているのだから、放っておいて構わないのだ」などと。

しかし不慮の事故に遭うこと、通り魔的な犯罪の被害者になること、或いは生まれてきた我が子に障碍があること、進行を止められず治療法の無い難病になってしまうこと、それらとその当事者の人格に何の関連があるだろうか。思わぬ巡り合わせで苦しい状況に陥っている人に見当外れの責めを負わせることがどれほど酷いかを、考えてみるべきだ。けれども自分自身や近親者が困難な状況の当事者であれば当たり前に理解できることが、外野の人間には思いも及ばなかったりする。そしてまた逆に、第三者的な立場からは明晰に見通せることが、当事者故の心の混乱《みだれ》で見えなかったりする。「あなたのせいで、こんな酷いことになってしまったのよ」と言っている人が、立場が逆ならば「そんなのは言い掛かりよ。自分のせいだなんて思う必要は全然ないのよ」と言うように。

たとえば次に、以下のような例を考えてみたらどうだろう。休日に遊びに出掛ける約束で○○駅の△番ホームで待ち合わせをしていた女子高校生四人が居たとする。三人は定刻までに来ていたが、一人が遅れたので、乗る電車が一本ずれた。そして彼女達が乗ったその電車が脱線事故を起こし、数十人の死傷者が生じた。待ち合わせに遅れた子は、何とか完治する怪我で済んだが、他の三人のうち一人が死亡し、一人は顔に酷い傷跡が残ってしまった。

この場合も、先の小学生達の例と同じく、待ち合わせに遅れた女子のせいで事故が起きたわけではない。なるほど確かに定刻通りに四人が揃っていれば、一本早い電車に彼女達は乗っていて、事故を免れたのだろう。けれども遅れた彼女のせいで事故が起きたわけではない。どの電車に乗ろうと安全に目的地に着けるように運行する責任は、鉄道会社にある。その電車が脱線すると予知できたわけでもなく、一緒に乗っていて状況によっては自身が死んだのかもしれないその女子を、どうして責められるだろうか。

でも思ってしまうだろう。「もう一本早い電車にさえ乗っていれば、事故に遭わずに済んだのに」と。死亡した娘さんの身内はもちろん、顔に傷跡が残ってしまった娘さんも、そして待ち合わせに遅れた娘さん自身も。それぞれ痛切に思うはずだ。「どうして脱線事故を起こしたその電車に乗ってしまったんだろう」と。

もしそれが、「その事故で人々がそのように死傷した機構《メカニズム》はどのようなものだったか」という問いなら、充分に解明できる。

その電車が線路脇の建物に衝突した際の角度、速さはどうだったか。建物の形状と強度はどうか。六両編成の車両それぞれに、どれほどの数の、どんな体格の乗客が座って、或いは立っていたのか。それらを事細かく指定してシミュレーションすれば、衝突の様子をほぼ再現できるだろう。

その車両はこのような衝撃を受け、こう回転した。乗客達それぞれにはこのような力が作用して、Aさんは天井に激しく叩きつけられ、Bさんは割れた窓から飛び出した。Cさんは致命的な衝撃を受けずに済んだ。Dさんは……。事故車両にたまたま乗り合わせていたのは、AさんBさんCさん……だったかもしれないが、それぞれの乗客が居た位置に、それぞれほぼ同じ体格の別人が居たとしてもおそらく同様の結果になっただろう。

そのようなしかたで、A子さんが亡くなり、B子さんが顔に大怪我をし、待ち合わせに遅れたC子さんがほぼ完治する怪我で済んだことを説明できる。それぞれの位置に、ほぼ同じ体格の別の誰かが居たとしてもおそらく同様の結果になったはずだと人々を納得させられるように。そして脱線の際の列車の速さや向きが違っていれば、建物との衝突の様子も違って、乗客達の死傷状況もまた違っていただろうことを人々に納得させる、そのような解明は充分に可能だろう。

けれども、その時実際に脱線した電車に乗っていたのが○田△子ではなく、□野○子でもなく、「この私」だったのは何故か。または、「皆（定刻までに）揃ったから、さあ行こう」と乗車したのではなく、「C子遅いよ。何やってたの」と他の子から言われる状況で乗車した電車が脱線したのは何故なのかと問われても、それはどうにも答えようが無いはずだ。少なくともC子さんのせいで事故が起きたわけではない、という他に何が言えるだろうか。

ちょっとしたことで待ち合わせに遅れるなんて誰にでもある。亡くなった自分の娘がC子さんの立場だったとして、「あなたのせいで私達の娘は死んでしまった」と相手の御両親から言われたならどうだろう。そんなわけがないと憤慨するのではないか。そして自分の娘にこう言うのではないか。「あなたは全然気にする必要は無いのよ。あなたも一緒にあの電車に乗っていたんだし、ひょっとしてあなたが取り返しのつかないことになっていたかもしれないのよ。あなたのせいで事故が起きたわけじゃあるまいし。責任は鉄道会社に有るのよ」しかし立場が逆だった場合を考える分別を持てる人であったとしても、線香を上げに来てくれたその娘さんに、つい言ってしまうかもしれない。「こんなことを言ってはいけないんでしょうけど、ふと思ってしまうのよ。あの日一本早い電車に乗れてさえいればって」

待ち合わせに遅れた子を責めるべきではないとしている筆者自身が当事者だったなら、そのような発言をしないだろうか。人の心は弱いし、揺れ動く。「そんなことを言ってもどうなるものでもない。そんなことを言われたら、相手がどれほど辛いか」と思いながらも、「そんなこと」を口に出して言ってしまう場合もあるだろう。顔に傷跡が残ってしまった娘さんはどうか。「あんたが遅れてなかったら、前の電車に乗ってたはずなのに。どうして私の顔に傷跡が残って、あんたの顔には残っていないわけ。おかしいじゃん」第三者として客観的に見ればそれが妥当性を欠く発言だと言えても、自分自身が苦難を抱える当事者であれば、常に穏当な発言に徹することはかなり難しい。第三者としてなら公平に判断できるのに、自分自身が当事者なら冷静でいられず、結果的に辛さや苦しみを周囲に広げるような言動をしてしまう。ロボットじゃないのだから当然だとしても、常に理屈で割り切って動けるわけではない人間の悲しさはどうにもならない。

たとえ亡くなった娘さんの両親や傷跡が残った友人が、非難の言葉を一切向けなかったとしても、待ち合わせに遅れた娘さんは自問せざるを得ないだろう。私が待ち合わせに遅れなかったら、彼女は死なずに済んだ。一本早い電車に乗っていたら、私達は事故に遭わずに済んだ。あの日実際に起きたこととは違って、一本早い電車が脱線したのだったら、そうだったら他の三人はこう言っていたはず。「あー怖い！C子が遅れてなかったら、あの電車に乗っていたよ」もしそうだったならどんなに良いか。もしそうだったなら。でもそうじゃない。どうしてそうじゃないんだろう。あれ、私は何を考えてるんだ。私達ではなく、他の人達が事故に遭えば良かったと思っているのか。そうじゃない！そんなことじゃない！……。ぐるぐると彼女が暗く救いのない思念に落ち込んで心が病んでしまわないように、周囲からの支えが絶対に必要だ。

　彼女が待ち合わせに遅れたのは、人助けをしたからなのかもしれない。待ち合わせの駅に向かうため、余裕をもって自宅を出発し、最寄りの駅前に着いたところで、自分のすぐ前に居た老婦人の古びた手提袋の底が破れて荷物が散らばった。近くに他の通行人達もいたが、品物を拾い集めてあげたのは彼女一人だけ。手持ちの買い物袋を彼女が自分の鞄から出して、拾い集めた荷物を入れて、この袋は差し上げますから気にせずどうぞと言って、その老婦人に渡す。お礼をしたいので紙に住所と名前を書いて渡してほしいと言うその老婦人に、「いえ、本当に構いませんから、どうぞご心配無く。先を急いでいますので」と告げて、やっと駅に入る。けっこう手間どってしまった。あー！待ち合わせに遅れてしまう。急いだけど皆と待ち合わせの駅に着くのがやっぱり遅れてしまった。「遅い！何やってたの」「ごめん、ごめん、ちょっと支度に手間どっちゃって」

その彼女が脱線事故の後では、困って立ち尽くしている老人を見かけても一切手助けをせずに足早に立ち去るようになったとしたら、悲しいことではないか。老人から「すみませんが」と明らかに手助けを求められているのに、足を止めもせず舌打ちをして去って行く人のそこだけを切り取れば、酷《ひど》い態度に見える。けれどもひょっとしたら、そのように行動してしまわざるを得ない何らかの背景を持つ人なのかもしれない。もちろん特別な事情もなくいつでも不親切な人もいるけれど。

いずれにせよ、人間はどうしてこんなに面倒な生き物なのかとつくづく思う。理屈ですっきり割り切ることができず、どうしたって答の出るはずがない問いに絡め取られ、長い間苦しむ。どこまで考えても釈然とした答に辿り着けず、どこまで行っても割り切れない。それでも何とか折り合いをつけることができた人、苦しい自問を普段は心の隅に小さく畳んでしまっておけるようになった人はまだ良い。しかしそれができず延々と苦しんだ末に心を病んでしまう人もいるだろう。

第4章

小学六年生の男の子二人が激しく言い争いをしている。普段は仲の良い彼らはその日、結局ケンカ別れになってしまった。ムカムカした気分で帰宅したA君だったが、寝る前に次の日の用意をしていて自分の間違いに気付く。「俺が勘違いをしていた。Bにも良くないところは有ったが、俺のほうがずっと悪い。的外れな非難を一方的に強く言われたら、Bだって冷静に説明できないだろう。明日学校でBに謝らなきゃ」

翌朝B君は登校してこなかった。前日の夜、近くのコンビニにちょっと買い物に出た時に事故に遭い、死亡したのだ。顔面の損傷が激しかったようで、棺の中のB君の顔を見ることはできなかった。どうしてこんなことになるんだ。Bに謝る機会はもう無い。Bにとって俺は筋違いの非難を喚いていた奴のままか。あの日の夕方、帰り際に見たBの顔はムッとした表情だった。

とても嫌な気持ちで数日を過ごした後、A君が夢を見る。B君に直接謝ることのできた夢。自分が勘違いしていたことを伝えて、大きな声で「ご免」と言ったら、B君の顔が明るく晴れて笑みが浮かんだ。あぁ良かった。そこで目が覚める。夢か。

苦しい自分を救うために、脳が自分で自分を騙す。B君にしっかり謝罪できて、B君がにっこり笑ってくれる場面が実現するなら、自分はどんなに嬉しいことか。たとえ夢だったとしても、事実その場面が現前したことで自分は本当に嬉しかったのだから。

ビルの高層階から突き出た細い板の上を自分が歩いているかのように錯覚させるゴーグルなど、近頃のVR《仮想現実》機器が脳を騙す技術は凄い。或る故人の生前の写真や動画、肉声の録音などを利用して、その故人の等身大の映像を映し出し、その人が生きていて、新たに何かを話しているかのように人々に錯覚させることは可能だろう。現在では、触覚を感じさせるような仕掛けさえ開発されているので、その人の肩を叩いたり握手したかのように人々に錯覚させることもできるだろう。

二千年ほど昔に弟子達が「復活」として見聞きしたナザレの人は「私に触れることは許されない」状態で現れたのだった。それは、ナザレの人を全く知らない人達が「あそこに誰かがいて何かを話している」と思うような具合だったのではない。彼と直接に親交のあった弟子達のうち数人（おそらく六～七人）が、各自個別に自分の目の前に健全な等身大の姿を見、生前そのままの声を聞いた。それが歴史的な事実であったことに疑問の余地は無い。しかしそこで最も重要なのは、ナザレの人の健全な姿での現前に、弟子達一人一人がこのうえもなく感動したことだ。その感動が決定的だった。その感動が布教活動の確固とした礎になった。

最近のＶＲ技術による「騙し」を体験すれば、たいていの人は「へー凄いものだな」と思うだろう。しかしほとんどの人はそれで済んでしまい、人生観を大きく変えられてしまうほどの衝撃を受ける人はあまりいないように思う。先の章で述べたように、宇宙服にほんの小さな穴が開くだけで死んでしまう状況に実際に身を置いた宇宙飛行士達は、漆黒の宇宙に浮かぶ青い地球の姿を目にして、人生観を根底から変えられてしまうほど感動したそうだ。しかし自宅のソファに座ってテレビ画面で青い地球のその映像を見たとしても、「あぁ美しいな」とはほとんどの人が思うだろうが、人生観を変えられてしまう人はあまりいないはずだ。テレビ画面で地球のその姿を見ることによって、「私達人間が少なくとも呼吸するには何の心配も無く生きていける場所は、この青い星の表面のごく薄い膜一重でしかないのだ」と心底実感できる人が、はたしてどれほどいるだろう。もしそういう人々が実際に非常に多いのなら、地表を汚染し破壊し続けている人間の活動に、とっくにブレーキが掛かっていたはずだ。

ただ、どれほどの感動を礎にして弟子達が伝え広めようと、教えの内容がつまらないものだったら、かの長老達が想定していたように、ナザレの人の言説《ことば》は雲散霧消していただろう。一時的に人気と評判を呼ぶ世迷言は、それを唱える中心人物がいなくなればまもなく廃れる。ナザレの人が属していた民族集団の指導者達は、彼の新奇な教えもきっとそうなると思っていたはずだ。

だから筆者は長い間、不思議に思っていた。キリスト教の祖、ナザレのイエスという人の言説は、何故彼の死後に消失してしまわなかったのだろうかと。それは勿論、彼の死後三十年程の間に直弟子達が行った伝え広めに依ることは間違いない。しかしどんなに熱心に語って聞かせようと、何の権威も後ろ盾も軍事力も持たない人達、素姓の知れない者達が伝える言説を、人々が「はい、ごもっとも」と受け入れるだろうか。受容しないからといって痛い目に遭わせる力など、最初の弟子達は持っていなかった。耳を傾けようとしない人々に対してはあっさりと「履き物の土を払い落として立ち去る」だけのこと。彼らには言説《ことば》と態度行動《ふるまい》の他に何も無かった。彼らはただ、師の言説をそのまま伝えるだけ。師の態度行動をなぞり、教えに従って生活するだけ。極めて用心深く、しかし素直に開いた心で接したにせよ、見知らぬ人々への布教は非常に困難な活動だったろう。そうやって伝え広められた言説の当初の内容はそもそもどういうものだったか、何が語られていたのか、に筆者は関心を持っていた。

千三百年ほども昔に東日本で生活していた庶民の詠んだ歌が「万葉集」という形でかなりの量伝えられているのも凄いが、ナザレの人の数年間の言説《ことば》を、彼の死後熱心に伝え広めた人達の活動も凄い。文字を使わぬ人達が、直接耳で聴き心に刻んだ言説を、数万の人々に伝え広めた。再現の正確さでは多少劣る人もいただろう。しかし伝え広めの中核となった人達は、おそらく一言一句違わずにナザレの人の言説を再現できた。この愚直なそのままの再現が肝心だ。もっと気の利いた言い方にしようとか、もっと学のあるような言い回しにしようとか、そんな試み――後《のち》には出現しただろうが――は、ナザレの人の言説を台無しにする恐れがある。彼の言説は耳で聞いてすぐに意味を取れる平明な語りだったが、平明な語りが浅くて稚拙だとは限らない。多くの人々に本当に「伝わる」ことが大切だから、彼は日常生活に即した巧みな例え話で、人間という生き物への深い洞察に基づいた教えを平明に語った。

口述の言説《ことば》の口述による再現は決して侮れない。文字の読み書きをしない人なら尚更だ。今日の社会なら、文盲は教育を受ける機会の欠如として問題になるかもしれない。しかし文字の読み書きをしないこと自体は何の恥でもない。勿論ナザレの人も弟子達もとても賢くて、機会さえあれば文字の読み書きを難なく習得しただろう。しかし稗田阿礼を持ち出すまでもなく、巻物などの外部装置に頼れないぶん、彼らが文言を暗記し再現する能力は相当なものだったはずだ。

ほんのたわいのない会話でも、自分が心底大切に思う人の発言なら、一言一句が胸に刻み付き数十年の後にも消え失せない。ましてその発言が、秀歌の特質に通じる性格（人の心に飛び込む勢いと共に、改変を容易に許さぬ堅固な形）を持っていれば尚更のことだ。愚直にそのままに再現された多くの言説が、地中海の東部に面した地域で、二千年ほど昔に実際に生活していた人々に伝え広められた。そうして後になって言説を改変しようにも、それが著しく困難なほどに広く深く、ナザレの人の言説は既に人口に膾炙していた。その状況が実現する基礎となった最初の伝え広め、直接の弟子達による最初期の活動が決定的に重要だ。

しかし繰り返すが、物理的な強制力など何も持たない状況でいくら熱心に語りかけようと、簡単に受け入れられるはずがない。きっと二千年も昔の人達のほうが、現在の私達よりずっと用心深く、地に足をつけ、五感をしっかり働かせて生活していただろう。うっかり怪我をしないように、簡単に他人から騙されないようにと。なぜなら医療や薬をあてにできず、自分の周囲に無警戒・無頓着で生活していれば容易に死んでしまう状況だったはずだから。現代のように、生活するうえでの多くの事柄がボタンを押すことで簡単に済ませられる私達のほうがむしろ、テレビやネットのあやふやな情報に騙され、振り回され易いのではないか。

それを思えば、信じようとしないからといって痛い目に遭わされることなど無いにも拘わらず広まる言説は、それ自体が文字通り「良い知らせ、耳寄りな話、安堵を与えてくれる何か」だったはずだ。まかり間違っても、陰気に人の心を圧迫するものや、逃げ場の無い不安に人の心を追い詰めるようなものであったはずがない。心を明るく晴らしてくれるもの、希望を持たせてくれるもの、底無しの不安から解放してくれるもの、そういうものが腑に落ちて心底納得のいくように語られているからこそ、ナザレの人の言説は雲散霧消しなかったのではないか。

それを信じたからといって、現世で金持ちになれるわけでも、無病息災が保証されるわけでもない。どちらかと言えば、胡散臭い奴らだと思われ、迫害の対象にさえなってしまう。それでも重く苦しい心が晴れるなら、どうしようもなく辛い気持ちがほぐれるなら、どんなにありがたいことか。「心が晴れたところで何になる。心が晴れたら、腹が満たされるのか」と言う人は既にそこそこ幸せなのだなと思う。毎日食べ物に困らず生活できている男が満腹でのんびり河原に寝そべって「政治なんてどうでもいいことだ」と放言しているようなものだ。安定した統治の下で安心して生活できているからこそ、「政治なんか」と放言できる。痛む心を抱えて生きることはとても辛いから、現にそうである人は「心が晴れたところで何の足しになる」などとは言わない。

ナザレの人が説く神は、古来世界各地で「神」と称されてきた存在とは少々異なっている。昔から「神」と言えば、或る集団の守り神だった。俺達の安寧繁栄に役立つ諸々の決まり事をしっかり守らなければ、罰《バチ》をあてる恐ろしい神様。「俺達の守り神様」を祭ることと「俺達の集団」を統率していくことは密接に結び付いていて、「俺達の守護神」は俺達を統率する人の後ろ盾であり、権威の源だった。「俺達」と「あいつら」が抗争すれば、多くの場合は勝ったほうが負けたほうの神を祭る施設を破壊する。「俺達」は是が非でも勝たねばならない。「あいつら」に大打撃を与え、「俺達」の勝利に加勢してくれる神は、とても頼もしくありがたい。そしてそのような神に、個人的に頼るとすれば、「私はこの集団の立派な構成員ですのでどうぞよしなに……」という型になる。

「神」とはどういうものなのか。このうえなく偉大で唯一無二の神が、「或る集団の用心棒」の如きものなのか。ナザレの人にとって、子供の頃から聞かされてきた「唯一無二の偉大な神」の存在は自明で疑いようもない。すべての人が頭を垂れてその意に従うべきもの、このうえなく本当に偉大な何か、の存在は彼にとって自明だ。しかしその在りようを彼は刷新した。彼が属していた集団の長老達が語ってきたのとは異なる姿を示した。「おまえはこの集団の維持繁栄に貢献する立派な構成員か」と問う「その集団の守護神」ではなく、生きている人間なら誰であろうと一人一人に無条件に向き合ってくださる姿で、神を示した。それは集団の指導者の立場からすれば、「俺達の維持繁栄」を危うくする不届きな主張だったろう。集団の維持繁栄に役立たない「みじめな者達」にこそ真っ先に神が良く報いてくださるなどという言説《ことば》を、彼らが許せるはずがない。

「集団」の維持繁栄には役に立たず、むしろ害になるとして指弾された教えが、三百年後には「帝国」の国教に採用されるとは、全く皮肉なことだ。いや皮肉というよりは危機だろう。ナザレの人のもともとの教えは、「帝国の国教」としては使えない代物だ。「国教」となるからには、「帝国の守護神」・「統治権者の後ろ盾」として、元の古い顔、古い性格の神が前面に押し出されざるを得ないから。もっともナザレの人から百年以上も年月が過ぎた頃には、「信者団体の守護神」という性格が既に強く出てきていたろうけれど。ともかく国教として採用された以上、統治権者の後ろ盾として恥ずかしくない「正統教義」が要請される。「こうも考えられるが、ああも考えられる神」では、「その地域で唯一正しい支配権力」の後ろ盾として都合が悪い。「これが正しい」という輪郭をきっちり定めて、そこからの逸脱は許容できない誤りだと明言しなければならない。

そうして統治権者の後ろ盾としての「正統教義」が成立すれば、そこで語られる神は、「有無を言わさず押し付けられるもの」「納得できなくても信じたふりをしなければならない怖いもの」になってしまう。こうなのだと言われるままに信じるか、少なくとも信じるふりをしなければ現世の政治権力によって痛い目に遭わされるというなら、ほとんどの人は黙って従うだろう。

西欧諸国によって二十世紀半ばまで続いた苛烈な植民地支配に苦しんだアジアの識者達は、キリスト教の偽善性を指摘している。もっともなことだ。「人々を集団として上手く統治する」という目的に沿って解釈されれば、ナザレの人の言説は偽善的と言われてもしかたない代物になってしまう。「帝国の国教」として確立したキリスト教は、ナザレの人の教えとは乖離せざるを得ない。スニーカーのゴム底で足を踏まれて激怒し、相手に土下座させて謝らせるような人物が、他人がハイヒールの硬い踵で足を踏まれて指を骨折した状況を見て、「怒らず許してやりなさい」と言っていたらどう思うだろう。性格を異にする新旧二つの顔を合わせ持たされている以上、確かにそのような側面がキリスト教にはある。しかし原初の布教時のように、何の権威も強制力も持たない人達が偽善的な話を説いて聞かせたところで、人々に受容され広まってゆくとは思えない。

ナザレの人のもともとの教えは、「現世の統治」に役立つように解釈されて固定されざるを得なかったろうが、耳で聞いてすぐに意味の取れる平明な言説《ことば》は、平明だからこそ命脈を保った。帝国の国教に採用される前に既に広く人口に膾炙していたそのままの言説はかなり多く、全ての改変や消去は無理だった。日常生活に即した巧みな例えで語られていたからこそ、彼の言説は意味の取り違えが生じにくかった。だから、「集団」の維持繁栄のための古い顔・古い性格の神が前面に出され、それに沿うように解釈されようが、あるいは原初の教えを超えた粉飾を施されようが、ナザレの人が伝え広めようとした事柄の芯は消滅しなかった。

キリスト教について予備知識をそれほど持たずに四つの福音書を読んでみた高校生の時以来、何か心に直接強く呼びかけてくるものを筆者は実感してきた。四福音書は「キリスト教の正しい聖典」なのだから、歴史上のナザレの人の事実そのままの言行録であるはずがない。また今だから感じ取れることだが、たとえ感動的な内容でも、ナザレの人が言ったとは思えない箇所もかなりある。それでも高校生の頃の筆者が「こんなの作り話じゃないか」と思いながら読んでいるのに、強く心に何かが伝わってくる。でも何なのだろう。何かが、と思いながら、それが何なのかを掴みきれていないという感覚が長い間続いていた。

もちろん最初の頃から、これはきっとこのような趣旨で実際にナザレの人が言ったはずだと確信できる箇所もいくつか有った。そのような箇所が皆無なら、そもそも心に引っ掛かるわけがない。たとえば「心の貧しい者は幸いである」を筆者は「心細い者、心が窮乏している者は」と読んでいた。それは先述のように、「ともしさ」を胸に立ち尽くす女の人の姿を見た経験が有ったから。「寄る辺なく心細くてしかたない人こそ大丈夫。だからくよくよしなさんな」と読まなければおかしい。その後に続く内容や他の箇所の発言からして。その他にも「人は食物《パン》だけで生きているのではない」とか「今日の苦労は今日で終わり。明日のことは明日が心配する」など。本当にそうだなあと納得できる箇所は確かに有った。

またナザレの人が、自分が育った村ではたいした事ができなかったとか、弟子達がナザレの人の生前には彼と同様の成果を実現できずに、その理由を尋ねる箇所などに、歴史的事実を伝える信憑性を感じたものだった。

そしてこれは今だから分かることだが、「師の言説《ことば》と態度行動《ふるまい》の他はなにも持たない」弟子達が、「復活」後の布教では、ナザレの人と同様の成果を実現できたはずだ。なぜならその時には師の言説と態度行動が、もはや単なる模倣ではなく、しっかりと彼らの血肉になっていたから。そして弟子達が、「先生のあの時の発言は、こういうことだったのだ。あの行動はこれを意味していたのだ」と実感していくなかで、様々な儀式も成立していったのだろう。

ともあれ、今一つ芯を掴めていないと長年思っていたけれど、四十代の半ば頃に以下の語句《フレーズ》が頭に浮かんだ。「知ったことかの対極としての放っておくものか」

そうしたら、ナザレの人がそこに居た。千三百年程も昔の、あの女性の立ち姿を見たように。何を言おうとしているのか今一つ釈然としなかった彼の言説《ことば》が、するすると解け始めた。「神の愛」と言われても、日本語の語感として「愛」には支配欲や執着心という意味合いが強くて、すんなりと腑に落ちてくれなかった。けれども、「どんな人をも知ったことかと見放すことなく、いつでも必ず向き合ってくださる神がおられる。だからくよくよ心配しなさんな」と言っているんだと思ったら、ナザレの人がそこに居た。そして第一章で記したような場面がいろいろと見えてきた。

もちろんナザレの人の実際の顔も声も背恰好も筆者に分かるはずがない。そんな事柄が分かるように出会ったのではない。彼の直弟子達が「復活」を目にしたのとは違う。そうではなく、あの防人の歌を詠んだ女性に筆者が出会ったように、そのように遭遇《でくわ》した。二千年程も昔に何らか目立つ事をしたせいで刑死に至った人物について、「確実で具体的な消息は知りようがない」と言われれば、まさしくその通り。しかし、「そんな人物はそもそも実在しなかった」という主張には同意できない。もちろん、生物学上の父親無しに人間として誕生したとか、出生の際に三人の偉い学者がお祝いを持って訪ねて来たなどの話は、歴史上のナザレの人には結び付かないだろう。預言者（神意を伝える者）だと自認しても、「自分自身が神である」とほのめかすような言動をしたはずがないナザレの人について、後世になって様々な作り話が付け加えられたことは否めない。しかし一人の人間としてのナザレの人は二千年程昔に確かに実在した。その人が遺した言説を愚直に熱心に伝え広めた弟子達数十人も実在した。

それは、万葉集の東歌が大伴家持やその周辺の人々による創作ではなく、千数百年前の東日本で実際に生活していた人達が詠んだ歌だと思うことと同じだ。少なくとも筆者はそう思っている。東歌は少し添削されているかもしれない。しかし大伴家持自身が秀れた歌人であった以上、勝手な創作的添削ではなく、一部が砂に埋もれている状態を引き上げて、全体がはっきり見えるようにするものだったはずだ。そしてナザレの人の言説は、「正典」の中にほんの少しでしかないけれど、それでも三十一文字より遙かに多く伝えられている。だから「ともしさを胸に立ち尽くしている若い女の人の姿」よりもかなり多くの事柄を見てとれる。ただし当然だが、ナザレの人の考えが何もかもわかるなどとは言えない。しかし、「このように理解するのが適切だと思われるこれこれの発言が歴史的事実として有った」とは言えるはずだ。

もちろん以下のように言う人もいるだろう。「二千年もの時を隔てて、生活習慣の異なる遠い地域で語られた言説を、翻訳に翻訳を重ねた状態で読んだところで、一体何が分かるというのか」そう言われれば筆者は、「私にはこう見えて、こう聞こえた」と応ずるしかないけれど。

摩訶不思議な話を信じるよう強制し、異論や疑念を表明する者を弾圧する恐ろしい支配組織は後に成立したが、ナザレの人が人々に語りかけ始めた時、彼には押しも押されもせぬ権威など無かった。「彼が語る」から誰もが受容せざるを得なかったわけではない。語られた言説《ことば》が一人一人の腑に落ちるかどうか、「何が語られているのか」が肝心だった。

ナザレの人は数十人、数百人を前にしても、決して「群衆」ではなく、一人一人に向けて語りかけた。もし政治体制の刷新や統治権力の掌握が目的なら、「群衆」に的を絞り、その不平不満を煽り、「群衆」を津波や土砂崩れのように操る手腕が大事だろう。しかし彼の語りかけは違う。彼は数十人、数百人の集団を前にしても、必ずその一人一人に向けて語りかけた。良い内容でもしっかり届かなければ意味が無い。だから巧みな例えを用いて、現に生きている一人一人に彼は語りかけた。「主権者たる国民」など当時には居ない。赤鬼軍団の支配下に在れば、赤鬼軍団に上納金を払い、赤鬼軍団が良しとする規範に従って生活する。青鬼軍団の支配下に在れば、青鬼軍団に上納金を払い、青鬼軍団が良しとする規範に従って生活する。そのように生きるしかなかった当時の人々の「集団」にではなく、一人一人に向けて彼は語りかけている。「誰一人をも知ったことかと見放すことのない頼もしい拠り所が必ず有る。だからどんな人でも今に押し潰されず、次に希望を持って生きなさい」と。

現在に到るまで、現世統治の根幹が「その地域で唯一正しい暴力」であることは変わっていない。「正しい暴力」の実行権をどんな主体が担うのが妥当とされるかが移り変わってきただけだ。国民主権の国家が並び立つ今日の世界では、一般の人々が「統治権力の実効性を担保する暴力」の主体だという建前であって、一方的に支配される立場だとは言えない。

ブッダの教えが、「損した得したと右往左往している『この私』からこの私であるままに脱却せよ」なら、ナザレの人の教えは「損することを選びとるこの私であれ。(現世では)」だ。どちらもそれぞれかなり難しいが、実現のイメージを捉え易いのは後者だろう。「人々がお互いに小突き合っていて、小突き回される側でなく、なんとか他人を小突く側になってやろうと競り合っている。しかしそんな競り合いなどに加わるな。むしろそこから降りてしまって小突かれる側に居ろ。次のために」と次の世を明確に語っていることが、ブッダとの違いだが、「次」とは一体何なのか。

「次」のために辛く苦しい現況を黙って耐え忍ぶ人々の「集団」は、現世の統治者には都合が良いだろう。しかしナザレの人の言説《ことば》のもともとの姿は、人々に奴隷根性を刷り込むようなものだったのか。人々を「黙って都合良く支配される集・団」にするためのものだったのか。筆者にはそう思えない。ナザレの人にまで戻れば、「寛容」は「無頓着」ではなく、「謙譲」は「卑屈」ではない。「柔和」は「弱腰」ではなく、「忍耐」は「無気力」ではない。壮大な体系的理論ではなく、一人一人の心に浸透し、腑に落ちるナザレの人の言説の内容を以下に確認していこう。

たとえば「栄華を誇るソロモンでさえ、この一本の草花ほどにも着飾っていなかった」という発言を考えてみる。ピンク色の花をつけた草が身近に生えているのを見て、「道端にも結構きれいな花が咲くんだな」で済んでしまう人――たいていの人はそうだろう――は、こんな発言はまずしない。また、聞くほうの立場としても、「王様の豪華できらびやかな衣裳や装飾品のほうが、そこらの草花なんかよりずっと美しいに決まっているじゃないか。何を言ってるんだ」と思う人が多いだろう。自然と直接向き合って働く人の割合が少ない現代なら尚更ではないか。

しかしナザレの人は文字通りの意味でその発言をしていたはずだ。道端に生えている草花を一度実際によくよく見てほしい。たとえば一本の茎に六〜七輪ほどが開花していて、つぼみも幾つか付いている草花。ピンク色が目を惹くその花弁には先端に白い縁どりがあり、花の奥に向かって次第に色濃くなっている。花弁にはピンクの地色を引き立てる赤紫色の小さな斑点も入っている。直径二センチにも満たないような花のどの一つもそういう造りになっている。それらが六〜七輪付いている茎には、短くて白くて細い毛がびっしり生えている。そのような草花が、今、目の前の道端に咲いている。誰かが鑑賞用にわざわざ種を蒔いて育てたわけでもないのに。もしその草花の姿を、人間の手で忠実に再現しようとするなら、どれほどの手間がかかるだろうか。そして野原にはそれとは別に、形も色もとりどりの草花がそれぞれ美しく咲いている。

「栄華を誇るソロモンでさえ、この一本の草花ほどにも着飾っていなかった」と発言したナザレの人は、世の中の事象を細かに注意深く、先入観に囚われずに観察する人だった。先入観無しに観察できる人などいない。誰でも何らかの先入観(枠組み)を持って、この世の様々な事柄に接するが、自分の先入観に適合しない事例に遭遇した時の態度にその人の器量が表れると思う。

食に関する事柄などは、それが顕著な分野だ。私達は食物について、自分が幼少期から慣れ親しんだ食材が「正常」であって、その範疇から外れたものを「げてもの食い」として蔑む感覚を持ちがちだ。「○○を殺して食すなんて許されない」とか「芋虫を食べるなんて野蛮だ」とか「完全なベジタリアンである私は高尚な人間だ」とか。しかしそのような考え方は傲慢だ。それぞれの地域には、その地域の事情に応じた食生活がある。元来雑食性の人間が、生命を維持していくために、自分の生活圏で入手できる食材を何であれ利用するのは当然だ。

「口から何を身体に入れたところで、そのせいでその人が汚れるなどということはない。何を食べようとそれは身体を通って糞として外に出るだけのこと。それよりもその人が口から出すもの、嘘や中傷や悪態がその人を汚す」という言説《ことば》は、むしろ現代でこそその意義を認められるべきではないか。

食べれば美味しくて栄養も豊富なタコが多く獲れる海の近くで暮らす人々がタコを食すのに何の不都合があろうか。他の地域の人々から非難されるいわれなど何もない。山間部で生活する人々が、昆虫や、その幼虫を貴重なタンパク源として食すことは、生活の知恵の発揮であり賢い生活ではないか。それを異郷の人が、ただ自分の食習慣とは違っているからと、野蛮だの劣っているだの、まして汚れているなどと思い做すほうこそ愚かだ。全く愚かだけれど、近年却って「〇〇を食べるなんて」式の非難がよく見られる。

もちろんそれぞれの地域で、食生活に「型」が設けられていることに意味はある。何でも欲望のままに食い漁り、食い散らかしかねない人間だからこそそれを制止し、「このような食物をこのような作法で食すべし」という規定は、その地域の文化として重んじられるべきだ。多くの地域で「食」について何かしら「このようにすべし」という規定があることは、人間の欲がおぞましいほど膨張しがちである以上、当然だと思われる。たとえば近年、サメのヒレが食材として高値で売れるからと大量のサメを片っぱしから捕まえてはヒレだけを切り取って、もはや生きていけないサメを海に投げ捨てるようなことをする人々が問題になっていたが、それなどは「漁」というより「食に関する暴走」だろう。食肉の生産でも、これは酷《ひど》いと思わざるをえないような事態があちこちで起きているようで、なるほど「これこれをこのように処理したものだけを食材として認める」とは、あれもこれもと暴走しがちな人間の欲に歯止めをかける知恵なのだと思う。

ただし、地域が違えば食材に関する規定が異なることも認め合うべきだろう。ところが二十一世紀の今日の世界において、自分達が食材として認めぬものを食す人々に対して、言葉での非難にとどまらず、物理的に攻撃する事件が起きている。「牛を食すなど許せない」と怒った人々が近隣の村を焼き打ちしたと聞けば驚くが、「鯨を食すなど許せない」として捕鯨船を攻撃する人々もいる。この二つはどう違うのだろう。単に脂を利用して棄てるのではなく、鯨の身も骨も皮もヒゲも無駄なく利用して、鯨がもたらす恵みに感謝して長い年月を暮らしてきた人々に対して、「野蛮だから直ちに止めろ」と遠い地域の人々が命令できるのだろうか。議論を求めるなら分かるが。

「人のために律法（生活上の諸規定）が存るのであって、律法のために人が存るのではない」と言ったナザレの人は、そこのところを見極めていた。或る共同体が、衣食住について「型」を設定する意義は確かに有る。毒キノコによる被害や、野生動物由来の未知の感染症が流行する恐れなどを思えば、「食」の規定は集団の防衛に有用だ。彼が属している共同体においてはそれ以上に、他の共同体への埋没を防ぎ集団としての求心力を高めるために、その共同体の構成員に「型」の順守を求めることが重要だとされていたはずだ。集団の指導者達は「型」に沿った生活の徹底を図り、「型」を守れないことに罪悪感を持ってほしいだろう。ところがナザレの人は、もちろん守らなくても良いなどとは言わないが、常に杓子定規に「型」の順守を絶対視する必要は無いと明言する。困窮した状態にある人なら、その共同体の食の規定に抵触するものを止むなく食べて命を繋いでいるかもしれない。だからといって罪悪感に苦しむ必要などない。何を食べようと同じように糞になって体外に出るだけのことだ。それより人が口から出すもの、嘘をついて他人《ひと》を陥れたり、誹謗中傷で他人《ひと》を貶めたりすることがその人自身を汚すのであって、そちらにこそ罪悪感を持つべきだ、とナザレの人は言う。

異郷の地に赴けば、見慣れぬものを食べる状況にもなるだろう。自分にとって適正な食材から懸け離れたものを食すことには、かなりの心理的抵抗が伴う。そこでどう思うか。「この人達はこんなものを食べる野蛮人だ。不快だが他に食べ物が無いから仕方なく食べよう」か。それとも「この人達は自分達の大事な食べ物を私にも頒けてくれた。見慣れないものだが一緒に頂こう」か。異郷の地で「不適正な」食べ物を食す状況になった場合の弟子達に、ナザレの人が想定したのはどちらの態度だったか。

「シロアムの塔が倒壊して押し潰されて死んだ者達が、他の人々より罪深かったなどということはない」という発言も、ナザレの人の事象をありのままに注意深く観察する姿勢の表れだ。

ビルの壁面に取り付けられていた看板が落下して、たまたまそこを歩いていた人の頭を直撃した。それで死亡してしまう人は運が悪い。運は悪いかもしれないが、そのビルの横を常日頃歩いている他の人々に比べてその人が特に「悪人」だったから看板に直撃されたわけではない。他の誰の身に起きてもおかしくない事象だ。でも私達はつい言ってしまう。「よりにもよって丁度頭に看板が落ちてくるなんて、その人、陰で何かよほど悪い事をしていたのかね」などと。

自分の身に起きてほしくはない事柄に実際に見舞われた他人《ひと》について、「あの人は何かよほど悪い事をしたからだ」と思い做すことで、「私はそんな事をしてないから大丈夫」と思いたい心理。それこそが正に、冷静な頭では、「実はそんな事柄は誰の身に起きてもおかしくない」と分かっていることの証拠だ。分かっているからこそ、そのように考えて自分が安心したい心理だ。加えて、不運な人に関わりたくない、困っている人を助ける手間を負いたくない自分を正当化しようとする心理。「だってあの人はあの人自身の悪行の報いを受けているんだから、放っておいていいのだ」という理屈づけ。

このような心理が働くのは、なるほど自然なことだ。しかしそれを言われるほうは堪ったものではない。不慮の事故で大怪我を負った本人やその家族が、ただでさえ打撃を受けているのに、「あんな事故に遭うなんて、一体裏でどんな悪い事をしていたのかね」などと噂されようものなら、とてもやりきれないだろう。しかし通り魔に刺し殺された人、子が重い障碍を持って生まれてきた人などに対しても同様の噂をする人はいる。そのような心理が古来洋の東西を問わず広く見られるにしても、冷静に判断すれば、それは自分勝手で不合理な主張だと認めざるを得ないはずだ。誰が事故に遭ってもおかしくはないし、誰の子供が障碍を持って生まれてきてもおかしくはない。たまたま自分は事故に遭わずに済んでいるから、自分の子に生まれながらの障碍が無いからといって、そのような事態に現に直面している他人《ひと》を誹ってよい理由など全く無い。拍子抜けするほど当たり前のことを、ナザレの人は言っている。

そしてここまでは、世の中の事象を注意深く観察し冷静に判断する人であれば、別にナザレの人でなくとも言える。しかし彼は敢えて以下のように踏み込む。「誰が負ってもおかしくない荷を現にあなたが担っているのなら、あなたは優先的に幸せを約束されている」

合理的には、こんな発言が出てくるはずがない。確かに彼らは誹られる理由は無いが、持ち上げられる理由も無い。現代的な手法で統計をとってみても、子が障碍を持って生まれてくることと、親の社会的評判に関連性は認められないだろう。相関が認められるはずもなく、親が誹謗される理由は無いと言えるが、逆に「何か良い報いが約束されている」などとも言えないはずだ。しかし敢えてナザレの人はそれを断言する。合理的な態度では言えないはずのことを、言い切ってしまうのは宗教者の役割。自然科学者なら、一般的に（誰にとっても）通用する内容を、「現時点ではこのように考えることが妥当であるようだ」としか言えないし、根拠を示しようがない事柄についてはそもそも発言のしようがない。けれども宗教者は、根拠を示しようがない事柄についてこそ断言しなければならない。目の前のその一人の人のために。ナザレの人は、優れた自然科学者に通じる姿勢

（先入観に囚われずに注意深く観察し、批判的に違った角度からも考える態度）を持ったうえで、しかし目の前のその人を救おうとする宗教者だった。

だから当時のハンセン病患者は驚いたのだろう。「この人は私を蔑んでいないけれど憐れんでもいない。ひとかどの人物に丁寧に接するように、そのように私に語りかけている！」と。丁寧で注意深い観察眼を持った人が物心ついて以来三十数年も見聞を重ねていれば、ハンセン病は簡単に他人に感染することはなく、ことさら忌避され排斥されるべき病ではないという判断は可能だろう。洋の東西を問わず、的確で冷静な判断と思いやりのある心でハンセン病患者に接した人々は昔からいた。ナザレの人もそれらのうちの一人だったが、彼自身は、その病気がやみくもに忌避され排斥されるべきものではないという態度を取る以上の領域にまで踏み込む。「あなたには必ず真っ先に神が良く報いてくださる」と彼は言い切る。彼は人の心が朽ち果ててしまうことを何よりも案じる人だから、宗教者だから、彼は断言する。合理的な態度では決して言えるはずのないことを、彼は断定的に言う。「神が真っ先に良く報いてくださるあなたを、誰が憐れんだり蔑んだりするだろうか」他の人と全く同じ重みを持った一人の人として語りかけられ、確信に満ちて福を断言されて、その患者はどれほど嬉しかっただろう。

「この人は私を蔑んでいない。惨めな奴と見下しながらお情けで接しているのではない。この人は私の福を確信している。その場限りの気休めだと自覚しながらではなく、本気で、この人は言っている」患者が彼の発言を完全に信じ切って本当に心の底から嬉しく思ったなら、そしてその嬉しさ喜びが続いたなら、結果としてハンセン病に限らず慢性疾患の病人の体調が劇的に良くなったことがあったとしても何も不思議ではない。重い状態にまでは到っていない患者なら、治ったように見えた事例があったとしても別に不思議ではない。正に「信じる心があなたを救った」そしてそこでの奇跡は、病気が治ったことではない。結果的に病気が治ってしまうほど嬉しくなるような接し方で、彼がその患者に接触できたことが奇跡。忌避される病にかかって苦しんでいる人に接した態度と言葉かけが奇跡。

ナザレの人は奇跡の人であっても、奇術師ではない。

ナザレの人は病気を治したのではなく、病に苦しむその人を救った。病気を治すのなら、特効薬を作るに越した事はない。ストレプトマイシンで非常に多くの結核患者が健康を回復したように、特効薬の開発や治療方法の確立でこそ人々を苦しめる病気を治せる。そして病気を治せれば、多くの場合は「助かって良かった」となるだろうが、必ずしも個人としてのその人を救うとは限らない。それに対してナザレの人は、病気を治したというより、病に苦しむその人を救った。忌避される病気にかかった人も他の人と全く同じ重みを持つ一人の人間であって、同等に配慮され重んじられるべきことに何の違いもないと断言することで、いやむしろ真っ先に良い報いを受ける人なのだと断言することで、「〇〇病患者」ではなく苦しむその人を救った。その人が自暴自棄になり、心がぼろぼろに崩壊してしまう事態から救った。ナザレの人は、理路整然とした鋭い思考力と、先入観に囚われない丁寧な観察眼を持っていた。優れた自然科学者に共通するこの姿勢を持っていたからこそ、理屈による事実究明によっては何とも語り得ない領域での確たる言明を人の心は必要とすることを、ナザレの人は弁えていた。

人間も動物だから、「動物の集団」としては、病気の個体には近づかない、虚弱な個体を積極的には助けない、のが「自然」だろう。特に、ほとんどの人が医者や薬をあてにできない時代なら、病気の感染を避けたい心理は強かったはずだ。また、ぎりぎりの生活をしているなかで障碍者を抱えては共倒れになると思うのも自然ではあるだろう。しかしそのような排斥が全く後ろめたくないのかと問われれば、実はやはり多くの人が後ろめたさを感じると認めざるを得ないのが、「人間という生き物の自然」ではないか。

だからこそその後ろめたさを紛らわすために、「あの人は何らかのあの人自身の悪行の報いを受けているのだから放っておいてよいのだ」と考えたい心理が働くのだろう。しかし「前世での悪行」だの「神の不興」だのと反証のしようがないレッテルを貼られたほうは堪ったものではない。現に事実として病や障碍に苦しんでいるのに、反証のしようがない不合理な主張を浴びることまで強いられるとは。

昨日自分が出かけた繁華街で、今日通り魔殺人事件が起きた。午前中に自分が横を歩いたビルの看板が、午後に落下して死傷事故が起きた。

「シロアムの塔が倒壊して押し潰されて死んだ者達が、他の人々より罪深かったなどということはない」とナザレの人は言う。

有性生殖をする生物なら、親から子へ代が移る度に遺伝子がシャッフルされる。遺伝子の引き継ぎが、コピー機で複写するようなわけにはいかず、必ず或る程度は変異が生じるので、障碍を持って生まれてくる個体が皆無ということは有り得ない。逆にそれだからこそ、非常に長い時間尺では進化も起こる。理屈としてはそれだけのことだ。しかし変異が有るからこそ数十万年も経てば進化が起こるのだと言われたところで、現に今、せいぜい数十年の人生を生きている「この私」は納得できない。あの人の子にもその人の子にも障碍が無いのに、この私の子は何故障碍を持って生まれてきたのか。「あなたのお子さんに障碍が発現した仕組みは、これこれこのようなものです」という説明を理解できても、何故それがよりによってこの私の子に於いてなのかが納得できない。あの人の子でもなく、その人の子でもなく、何故私の子なのか。

ナザレの人は言う。「生来盲目の人の親に罪があるのではない。本人に罪があるのでもない。神のみぞ知る計らいだ（と言うしかない）」

巡り合わせによっては、誰が事件や事故の被害者になってもおかしくない。自分の子が障碍を持って生まれてきたからといって、自分も子も非難されるいわれなど無い。酷い事故に巻き込まれたからといって、「陰で悪い事をしていたのでは」などと噂されるなど全くの見当違いだ。ただし誹謗中傷されるいわれは無いが、持ち上げられる理由も無い。「辛く苦しい状況で生きている人こそ、次の世では真っ先に良く報われる」という主張は検証のしようが無い。けれども検証のしようが無い主張という点で同じなら、「呪い」より「祝福」のほうが良いではないか。

事実の冷静な究明という手段では検証のしようが無く、何事かを断言すれば不合理な主張にならざるを得ないのなら、それが呪いであるより祝福であるほうが遙かに良い。病気や障碍を持って生活をしている人は、「関わりを避けたい忌わしい人だ」とは言わず、「むしろ確約されたその福にあやかりたいと思われてもおかしくない人だ」とナザレの人は断言した。筆者にとって「不合理なるが故に我信ず」の出番はここだ。
御託を並べて何になる。障碍の不便や苦労を軽減するのは知識に基づく技術だし、病気を確実に治すのは特効薬ではないか、と言われればそのとおり。「言説《ことば》」を嬉しく思ったところで、障碍者や病人や彼らを支える人達が楽に長生きできたわけではないだろう。しかし健康に恵まれた人も必ず死ぬ。どんな人も必ず死ぬが、死ぬまでは誰も皆生きている。死ぬその時まで当人がどのような心持ちで生きるのかを、ナザレの人は繰り返し語る。

現世の苦しさを来世への期待でごまかして何になると思う人が多いだろうか。もし一人の人の人生が一万年も続くのなら、それほど長い間には、良い時も悪い時も巡ってくるだろう。それほど長い年月を過ごす人生なら、誰でも浮き沈みの両方を経験するはずだ。しかしせいぜい数十年の人生では、棚からぼた餅の人生を享受したままの人がいる一方で、泣き面に蜂の人生を過ごす人もいる。それが人生の現実だからこそ、「次の局面が必ず有る」と思うことが生きる励みになることを侮れないはずだ。生きている間どの時点でも「これまで」と「これから」を併せ持っている「この私」なのだから、辛い「これまで」に潰されず、明るい光に満ちた「これから」を胸に持つようにすれば良い。想像力を持つ人間だからこそ、自らの前方に希望の橋を架け伸ばして良いではないか。

自分が野球チームの一員だとして考えてみる。相手チームとの試合が延長戦にもつれこんだ。先攻の自分達のチームが一点勝ち越した後、相手チームの攻撃の場面。二死だが一、三塁に走者がいる。フルカウントからの打球はやや深いが平凡な外野フライで、投手が打者を打ち取ったと言える。走者は二人共走るだろうが、センターの外野手が捕球すれば先攻チームの勝ちで試合終了だ。そのはずだったのに外野手がまさかの後逸。転がったボールを拾ってホームに投げたが走者二人が帰塁して逆転。その試合は後攻チームの勝利に終わった。

ふらりと観戦に来てみただけの観客は、「あの外野手のせいで負けた。あんなエラーをしたあいつが悪い」と思うところだろうか。しかしチームメイト達はどうだろう。確かにその外野手のエラーで試合は決着した。でもその外野手のせいで自分達は負けたのか。延長戦に入る前、満塁の機会で三振した四番打者は？もっと前の攻撃で、スクイズバントに失敗して三塁走者をアウトにしてしまった打者は？そもそも初回の投球で、制球難から押し出しの四球で一点を与えてしまった投手は？ただしそれらは試合途中のことだった。

エラーで試合が決着するのは辛い。「勝利目前だったのになんでエラーするんだよ、冗談じゃない」と思うのが普通だろう。頑張った選手達も応援していた人達も辛いだろうが、エラーをした本人が一番辛い。チームメイト達はその外野手を責めるだろうか。彼がきちんと試合に取り組んでいたことは分かっている。しっかりした意識で試合をしていても、「あれ、なんでこうなるんだ」としか言えないエラーが生じることは有る。この試合では自分のエラーは無かったけれど、いつ自分がエラーするか分からない。このように考えられる選手のほうが、単純に彼を責める選手より堅実ではないか。そしてエラーをしたその外野手に声を掛けるとすれば「次の試合で活躍しろよ」だろう。「この試合では不本意な結果だったけど、次の試合ではきっと……」と思えることがどれほど励みになるか。

ただ現実には「次の試合」が無いことも少なくはない。野球の試合ではない他のことで頑張るしかないこともあるし、あるいは「次の試合」を目前にしてその人が死去する場合もある。「次の試合」での活躍を思い描いて練習に励んできた選手が、試合の前日に交通事故で亡くなってしまったら、彼の努力はムダだったのだろうか。野球の公式戦に出場して活躍する機会を持てなかったら、上達のための練習に費やした時間はムダだったのだろうか。そうだと言う人もいるだろう。しかし筆者は、そう思わない。いつ来るか分からない「次」がいつ来てもいいように備えることが無意味だとは思わない。或る試合で失策したから、おまえは何をやっても失敗するダメな奴だと決めつけられるいわれなど無い。他人の目から見て、活躍した成功したと認められる場面の有無が全てではない。「心の底から本当に嬉しい自分がいる次の局面」を胸に持ち続けることの値打ちを、他人は測れない。

ナザレの人の言説《ことば》には、主人からお金を預けられた使用人が、しっかり隠してそのまま保管していたことを咎められる話が有る。預けられたお金を元手にして、更にお金を増やした使用人は賞められるので、まるで利殖の勧めのように受け取られかねない。しかし「利子を取るな」と言う人が、利殖を称揚するはずもない。

これは芸術作品の場合で考えると、何を言っているかが分かり易い。優れた楽曲や素晴らしい絵画などに、今日でこそ容易にアクセスできるが、ほんの三百年ほど前までは、ごく一部の特権的な人々しか見聞きする機会を持てなかった。現代でも、もし大富豪が非常に評価の高い名画を、いざという時の換金手段として死蔵してしまえば、一般人はそれを見る機会を失ってしまう。けれども優れた芸術作品に接する機会が多くの人に開かれていれば、その美しさや素晴らしさでより多くの人の心が動かされ潤され癒され、そしてその作品に触発されて、新たに他の優れた作品が次々に創作されることにも繋がるだろう。

美しいものや胸を打つもの、それから学問研究の成果も、決してごく限られた人々の内輪で死蔵されるべきではない。それがもし、人の心を支える言説《ことば》、人の心を明るく照らす言説なら尚更だ。

また、農園での日当の支払いに関する話も理解しにくいかもしれない。一日働いてくれたらこれこれの報酬を払うと約束した農園主が、朝から夕方まで働いた者と、夕方近くになって働き始めた者に、同額の報酬を払う。もしそれが人間社会の普通の農場の経営なら、うまくいくはずがない。「丸一日しっかり働いて成果をあげた俺が、役立たずのあいつや、狡い怠け者のこいつと同じ日当か！馬鹿馬鹿しくてこんなところで働けるか」となるだろう。

しかしこの話は、ナザレの人の説く神と一人一人の人間との関係を例えたものなので、芥川龍之介の『蜘蛛の糸』になぞらえて考えると解り易い。芥川でなくナザレの人が書いたなら、「糸」は容易に見えないかもしれないが、現世で生きているどの人の頭上にも垂れている。同じ太さ、同じ強さで。正直で勤勉な俺の頭上の糸と「あんな奴ら」の頭上の糸が何故同じなのかと憤慨することはない。あなたの頭上にしっかりとした糸を垂らしてくださっている以上、神はあなたに何も不正なことをしてはいない。他のどれだけ多くの人々の頭上に糸を垂らそうと、そのせいであなたの頭上の糸が本来の太さより細くなったり弱くなったりすることなど決してない。（神は無限の存在だから）もちろん、最終的に救われるか否か、神からどのように裁かれるかは、糸をよじ登る腕力によって決まるのではない。

ナザレの人が、現世で一度限りの人生を生きる一人一人に向けて語り、その人それぞれの生活の場面を大切に考えていたことは、「貧しい人達はいつもたくさん居るが、私はいつまでもあなた達と共に居るわけではない」からも窺える。今日でも精油を使ってのマッサージは心身の疲労回復に有効だが、本当に質の良い精油は当時非常な貴重品だったろう。その高価な精油をナザレの人一人のために使うより、大量の食物などと交換して、食うに困っている多くの人に施しをするほうが適切な行為だったか。ナルドの香油を自分一人のために使い切ってくれた女性を咎めるなと言ったナザレの人の意はどのようなものか。

これは、それほどのことをナザレの人のためにしてあげられない男弟子達のやっかみを制したという面もある。けれど、長期の治療にも拘わらず予後の思わしくない子供の希望を叶える活動を考えると理解し易い。様々に治療を試みたものの、後半年生きていられるかどうかという状態の十才の女の子を遠方の遊園地《テーマパーク》に連れて行こうとする。彼女がその病気を発症する前、元気に走り廻っていた七才の時に家族と行った遊園地だから、もう一度行きたいのだ。自力で歩けなくなっている彼女が車イスのまま乗降できる車を借りる。運転手の他に付き添う人が必要だし、道中で予想される様々な事態への備えもいる。弱った身体で日帰りは無理なので宿泊の手配も必要だ。それらの手間とお金を、半年後には生きているかわからない一人の女の子のために費やすよりも、貧しい地域の何千人かの子供達にワクチン接種することに使うほうが有益なのであって、そうすべきだと言えるだろうか。

　税金を使っての福祉厚生事業をどのように実施するか、というなら話は違ってくるだろう。けれどもこの話はそういう問題ではない。その一人の女の子の人生に何らかの縁を持った人達に向かって、「彼女一人のために大金を使うより、ワクチン接種で救われるだろう数千の生命のために使うべきだ」とは言えない。それは、その女の子一人の生命が、数千人の子供の生命より重くて尊いからではない。二千年昔のナザレの人も、「私は特別に重要で価値ある人物だから、これでいいのだ」と言っているのではない。現世で生きてせいぜい数十年の人間どうしが何かしら直接に関わり合うこと、一人一人の人間のそれぞれの人生が実際に交錯するその関わり合い《エピソード》のかけがえの無さを、彼は言っている。様々な人々の個々のエピソードを数量的に評定して、これはあれより重いとか軽いなどとは言えないということだ。

行政の責任者が、数万人規模の食糧難に対応するには、諸状況を的確に数量的に把握したうえで、迅速に効率的な解決策を立案しなければならない。その際にはどこに何を配分するかの優先順位を付けることも必要になるだろう。それは人間集団の安定的運営にとって確かに重要だ。しかしナザレの人は、集団の継続的繁栄に役立つ事柄を説いたのではない。これは何度も確認しておくべきだと思うが、ナザレの人の言説《ことば》は全くのところ「行政」には不向きだ。或る程度の規模の集団を統制し、他集団と張り合い、求心力を保ちながら勢力拡大を図る（最低でも現有勢力を維持する）目的にとっては、ナザレの人の言説《ことば》は役に立たないどころか、害を生じかねない。その意味で、かの長老（行政の責任者）達の判断は的確だ。ただしナザレの人が語りかけた人々は「主権者たる国民」などでは全くないし、「裁きの日」が遅くとも十年ほどのうちには来るとナザレの人は考えていただろうから、集団の統率や維持に役立つ必要が無いのは当然だけれど。そしてもちろん、ナザレの人の言説で福祉国家が成立するわけではない。彼は人々の平均寿命を延ばすのに役立つことなど言っていないし、そもそも現世に一分でも一秒でも永らえることが幸いだとは言わない。

実際のところ、中途半端にナザレの人の言説を取り入れた仕組みで統治された社会は、住み辛い世の中にならざるを得ないと思う。たとえば彼は、人一人丸ごとの事情全部を間違いなく知ったうえで、その人を本当に公正に裁けるのは神のみだから、一人と一人の人間どうしの接し方として「他人から自分が被った害をできる限り許せ（自分が神から許しを頂けるように）」と言っている。しかし現実の社会運営としては、「貸したものを返してもらえない」「あいつのせいで大怪我をした」云々という諸々の不満があちこちでくすぶり続ける状況を放置するわけにはいかない。

「或る人が丸ごと一人の人間としてどのような者であったか」は神しか知り得ないという意味で「人は人を裁けない」にしても、「その人の実際の何らかの行動」に対して適切な制裁を課すことの無い社会は非常に住み辛いはずだ。人間の裁きには間違いも限界も有るだろう。それでも、煩雑過ぎずにできる限り抜け穴の少ない法体系を更新しながら、個々の行動に対してそのつど適切な制裁を課していくのでなければ、「集団」の安定的運営は望めない。

ただし一人一人の「心のこと」を問題にする位相では、ありとあらゆる人の全ての経緯を本当に何もかも知っている神が、最終的に公正無比に裁いてくださる日が必ず来ると信じるほうが有効だ。現行の法制度の不備で、著しく不当な行為に対して公の制裁を期待できず、自分の手で直接制裁を加えるしかないと思う人もいるはずだ。しかしそれを実行したなら、自身が犯罪者とされるだけでなく身内にも迷惑をかける。そう考えて悶々とした日々を過ごしている人もいるだろう。確かに人の裁きは不確かで不充分だ。しかし、神の裁きを信じる人なら、どうにも晴らせぬ憎しみや怒りや悔しさが制御不能の化け物となって、自分がそれに呑み込まれ振り回される事態に陥らずに済むだろう。そして他の誰とも同じく、この私自身も当然に神の裁きを免れないのだと思えば、自分で気付かずに他人を害してきたことがどれほど多いかと危惧せざるを得まい。そうであれば、他人から被った害に寛容な態度を取ることも、そこまで難しくはならないように思う。また、自責の念に駆られ自分を許せないと苦しんでいる人の場合なら、自分で自分を正しく裁けるわけが無い、「これから先」をできるだけ善く生きて裁きを待つのみだ、と腹を決めることで前向きに生きて行けるのではないだろうか。「神の裁き」は、人々を脅す手段としてではなく、今述べた文脈で捉えられるべきだ。「子が腹を空かせているのに、パンではなく石を与えるような親はいない」と、親に擬して語られる神による裁きなのだから。

※しかし近年の日本で実の親による子への酷い虐待が頻発していることを思うと、この類の例えに何とも言いようのない辛さを感じます。ただ虐待頻発は、個人的要因というより、子育てに実質的に罰を与えている現在の日本社会を反映する部分が大だと筆者は判断しています。

ナザレの人は、公衆の面前で流神の言質を取ろうとする試み、答に窮する様を人々に見せつけようとする試みに何度も遭っているが、ことごとく鮮やかに切り返した。それはもちろん彼が非常に賢かったからできたことだが、言い負かされてなるものかという気迫の源は、自分の優秀さへの自負ではない。彼は自分の面目の為に闘ってはいない。流神が死罪に価するとされる文化の中で、神について新たな見解を主張することがどれほど危険なことか。でも絶対に遂行しなければならぬという不退転の姿勢は、彼が宗教者だったからこそ。

或る集団の守護神としての神を祭る儀式を厳かに執り行う人は、筆者が言うところの宗教者ではなく、行政官でありその集団の指導者だ。対して宗教者は、或る集団の維持繁栄よりも、一人一人の心の問題《こと》に取り組む人。人間の心は合理的な説明では解決のつかない問題《こと》に苦しめられると弁えている人。そして真の宗教者に端を発して成立した教団に属しているからといって、その人が宗教者だとは限らない。金儲けや贅沢な生活、高い社会的地位の獲得が大事な人達のことを宗教者とは言わない。宗教者は目の前の一人の人のために、検証不能な事柄を断言できなければならない。呪って怖がらせるためではなく、安堵させるために。

もしその人が自然科学者なら、自説が覆えされることを歓迎すべきだ。自然科学者の言説《ことば》は、或る一人のためのものではあり得ず、誰にでも通用するものでなければならない。「現時点ではこう考えることが妥当なはずだ」と常にそう言うしかない自然科学者は、新たな研究成果によって視界がより開け、視点がより高くなることを喜ぶべきだ。自説が乗り越えられることを喜ばない者は「お偉い先生」であって、真の科学者ではない。本物の科学者は、先人の業績に敬意を払いつつも、従来の学説の刷新に尻込みしない。真の科学者は自分の業績を絶対視せず、優れた後輩によって刷新されることを喜ぶ。

では宗教者が、検証不能な主張をし、しかもその主張を断固貫くというのは何故か。そしてそれが自己の面目を保つためではないというのはどういうことなのか。

それは、法然上人の大原問答を考えると分かり易い。

仏教の根本的な教えは、「生きている間ずっと、損した得しただの嬉しい悲しいだのと右往左往している『この私』をこの私であるままに脱却せよ」だろう。しかし一体どうすれば、そんな難しいことを達成できるだろうか。どんな状況下でも「この私」に振り回されることのない「この私」であれ、と言われて、すぐさま実現できるのなら誰も苦労しない。痛みに、空腹に、寒さに、不安に、怒りに、優越感に、支配欲等々に晒されて実際に生きている人間が、日々生活をしながらそのような境地に到達することは、まず無理と思えるほど非常に困難ではないか。

けれど現に苦しい状況にある人達に、「難しいですよ、大変ですよ」と言ってどうする。迷いや不安に満ちた苦しい心で生きている人達、今の生活も苦しいけれど死後はもっと酷い状況に陥るのではないかと本当に恐れている市井の人々の一人一人に向けて、法然上人は専修念仏を説いた。

しかし既存の諸宗派からすれば、専修念仏に対して疑義が生じるのは当然だ。いかに仏教の根本教義の実践が難しいからといって、人々に受けが良い安易な教えを広めるのは不当ではないか。阿弥陀仏の本願にひたすら縋ることで極楽浄土に往生できるなどという主張は、もはや仏教から逸脱したものではないか。法然上人の説く専修念仏に対して、純粋に教義解釈の観点からそのような疑問の声が上がるのは当然だ。そして何より法然上人自身が、そんな疑問や批判が生じることを百も承知でいただろう。

そこで既存宗派の学僧達と議論の場が設けられるが、法然上人は自らの主張を決して論破されるわけにはいかなかった。それは比叡山で「知恵第一の法然房源空」と称されていた自分の名誉を守るためではない。頭の良いこの私が膨大な量の経典や注釈書を長年読んで考えてきたというのに、そんじょそこらの学僧に議論で負けるわけがないという自負心ではない。専修念仏が虚しい誤りだと決着されてはならないのは、人々を絶望させせないため。専修念仏に光明を見て心の支えにしている人々が、上人様の言説《ことば》は虚しいものであったかと、絶望してしまう事態を生じさせないためだ。

また上人は、純粋に学究的観点からではなく、寄進の減少など既得権益が損なわれることを懸念した既存宗派から、専修念仏の説を撤回するよう訴えられるが、もちろん断固拒絶した。世を惑わす邪宗を広めていると断罪されて上人の身に危険が及ぶことを心配した弟子が、「自説を撤回するふりを示されては」と進言したところ、日頃温和な上人が気色ばんで「どんな難儀が降りかかろうと専修念仏を絶対に撤回しない」と断言されたということだが、確かにそうだったろう。

もちろんナザレの人と法然上人とでは、主張の内容は異なる。「この世では損することを選び取る人であれ。全知の神が必ず公正に裁いてくださる日が来るのだから」というナザレの人の言説には、「神のみぞ知ることだが、救われない者達もいるのだぞ」という主張が含まれている。従って、「勝手に自分を善人だと思い込んで傲慢に生きている者でさえ救われるのだから、自らの罪業に恐れ戦く悪人は尚更救われる（一向《ひたすら》に阿弥陀仏に縋って救われない者はいない）」という教えとはやはり異なる。主張の内容に違いはあっても、彼らの宗教者としての姿勢は共通だ。彼らは現実に生活している一人一人の「心のこと」を何よりも気に懸けている。だからナザレの人は、「おまえは神について新奇なことを語っているが、何の信憑性も無いでたらめだ」と決めつけられる様を人々に見せるわけにはいかなかった。公衆の面前で涜神の言質を取ろう、立ち往生させようという数々の試みを鮮やかに切り返したのは、自分の頭の良さを思い知らせるためではない。

ただし鮮やかに切り返した、とは言ってもすぐに返答できた場合は少なくて、多くは「切り返し」の前にひりひりする数分間の対峙が有っただろう。答に窮する様を見せて評判を落とそう、上手くいけば罪にも問おうとしている相手に、一体どう言い返せば良いのか。顔色を変えずに、しかし頭をフル回転させているナザレの人と、固唾を呑んで事の成り行きを見届けようとしている周囲の人達。その緊迫感を思うと、「（世を惑わす妄言を広めている者として）引き据えられた時にどう釈明しようかと事前に思い悩むな。言うべき事はその場で与えられる」という言説《ことば》の現実味《リアリティ》が胸に迫る。彼は常に余裕綽々だったのではない。

では、ナザレの人を許せないと思った指導的立場の人達はどうだったのか。彼らは単に自分達の面目を潰されたから怒っていたのか。そうではない。彼らが感じた危険性は、彼らの立場からすれば当然だった。なるほどナザレの人が答に窮する様を人々に見せつけようとする試みが鮮やかに切り返されれば、彼らの面目が潰れるわけであって、その意味での立腹はもちろんあっただろう。しかし何よりも「集団の」指導者という立場からして、彼らはナザレの人の言動を見逃すわけにはいかない。彼らとしては、「集団の求心力と士気を高める神」「集団の統率に有用な諸規定を順守させるための恐ろしい神」を人々に浸透させせなければならないのだから。

ナザレの人の言動は、「俺達の集団」を優先していないことが許せない。集団の指導者としては当然だ。なるほど神には御慈悲がある。しかし「俺達の集団」の隆盛に役立たない「みじめな奴ら」にこそ、真っ先に神が良く報いてくださるとは何事か。「俺達の集団」の繁栄に貢献する立派な構成員をこそ、真っ先に神は嘉するに決まっているではないか。そうでなければ「俺達の集団」の士気が高まらない。彼の言説を聞いていると、「俺達の集団」の繁栄に役立てなくても恥じたり後ろめたく思う必要は無いと主張しているようだ。また、「俺達の集団」を「他の集団」から明確に選別するための生活上の諸規定（律法）を常に順守するよう徹底させたいのに、彼はそれを、何が何でも守るようなことではないと明言する始末だ。彼の言説を真に受ける人々が増えれば、「俺達の集団」は弱体化し、下手をすると消滅しかねない。そのように判断する以上、集団の指導的立場にある人達が、ナザレの人を許し難く思うのは当然だ。

今日でもとかく新興宗教は胡散臭いし、信者たちの熱心さは外部からは恐怖すら感じさせる。けれどもその地域の法律違反をしておらず、参加も離脱も当人の判断次第で、強引な集金をしていない新興宗教なら、その活動が制限される必要は無いだろう。

ところでナザレの人の教えは、当初信者が少なく勢力が弱かったから、現世統治を目的にせず、人々に強制的な姿勢を持たなかったのだろうか。そうではない。直弟子達に託された言説《ことば》そのものからは、「この教えを受容しない者たちは許せない敵だから滅亡させろ」は出てこない。彼の言説の内容は、彼が「裁きの日の到来」を遠くないと確信していたことと切り離せない。しかし「審判の到来」の無いままに百年以上も経過すれば、彼の説く神が古代世界で一般的だった性格を帯びて、「信者団体の守護神」のようになったのは仕方ないことだろう。

ここで一つ誤解の無いように注意しておきたい。有限な地表面で異常繁殖した人類が欲望充足に日々邁進しているせいで、人類の破局は近いかもしれないと言われたりするが、それは決して彼の言う「裁きの日の到来」ではない。人類の今後の行動次第で早まったり免れたりするような破局は、「審判の到来」では決してない。

「常に他の何よりも神を大切にすること」「自分が我が身を大切にするのと同じように他人を大切にすること」どうしてそんなことが最も重要な戒めなのだろう、と高校生の頃の筆者は思っていた。そんなことより「盗むな、殺すな、嘘つくな」のほうが重要じゃないか、と。しかしよく考えてみれば「盗むな、殺すな、嘘つくな」の類は、集団内での秩序維持を指示しているにすぎない。統治権者が、自分が率いる集団内部で、自分が良しとする秩序を維持するために言っているだけだ。

だから最悪の罪は、統治権者への反抗だとされ、最も苛烈に処罰される。「その地域での唯一正しい暴力」の執行者に刃向かう者は決して許されてはならないわけだ。盗みや殺しも、それが集団内の秩序の安定を脅かすから処罰されるのであって、被害者やその身内の物質的・精神的回復などはたいして考慮されない。ついて最近までその性格は引き継がれて、犯罪被害者が公権力から何の配慮も受けられずに放置される事態が続いていた。

自分が統治する集団内部で私闘が生じないように「盗むな、殺すな……」と言っているだけなので、統治権者が敵だと宣言して闘うことにした他集団に対しては、「盗め、殺せ、嘘をつけ」となる。敵集団に対して「見事に欺き、より多く殺し、より多く盗む」ほど賞賛される。一方の集団にとっての英雄が、他方の集団にとっては狡猾な虐殺者だ。要するに「盗むな、殺すな、嘘つくな」の類は、或る集団の安泰繁栄のための戒めだ。

そんなことは当たり前ではないか、と言われるだろう。所属集団の安定あってこその個人だ。確固とした所属集団を欠いて生きる人々の悲惨さは、正に現在の世界各地で見られることではないか。他集団から容易に蹂躙されないよう自分達の集団を強固に結束させ、安定して生活できるようにするための決まりが即ち、個々の人間の守るべき大切な決まりであることは当然ではないか。来年も再来年も自分は生きていると思う人、二十年後も五十年後も子孫が繁栄していてほしいと思う人にとっては勿論そうだろう。確かに人は通常そのように思って生活しているし、「行政の責任者」なら当然にその観点で動くべきだ。

しかしナザレの人は或る集団の後々までの繁栄ではなく、現に生きている個別の人の正にその時々の在り方を問題にしている。「裁きの日は遠くない。今生きているあなたは、翌日の朝には、いや今晩にでも、死んでしまうかもしれない身ではないか。実は生きている間ずっと、あなたはいつ死んでもおかしくない状態にある。そのようなあなたが、生きているその時々に一人の人間としてどのように振る舞うべきなのか」

「どうかこれ以上暴力を振るわないで、これ以上は取り上げないでください。命じられたことが不当でも不正でも何でも従いますから」と言わせることが、現世での支配の要諦。だから、右の頰を打たれたら左の頰も向けるし、上着を寄こせと言われたら下着も与えるのは、恭順とはほど遠い生意気な態度と見做されこそすれ、暴力を振るう側が恐れ入ることなどない。むしろ反感を買って容赦ない暴力と収奪で生命を落とす可能性のほうが大きい。「暴力を振るいたいなら振るえ、奪うなら何でもくれてやる」は、現世を見限る態度に他ならない。ところがこの態度は、育て上げるべき子供達を持つ親にはまず無理である。「当分は現世で生き続ける必要のある自分が、そして消滅してほしくない自分達の集団が、余所者の暴力に隷従せずに済むためにどうすべきか。もし隷従やむなしの状況なら、どう生き延びるか」こそ大人達にとっての最重要事にならざるを得ないのである。

長老達とナザレの人は、何を重視するかの立ち位置を異にしているので、対立するのは必然だが、どちらかが間違っているわけではない。所属集団の安定と繁栄を優先せず、現世への執着心が薄れる風潮が広まれば、その集団の維持存続は危うい。自分達の集団が他の集団に埋没することなく、五十年先も百年先もしっかり繁栄していてほしい長老達からすれば、ナザレの人の言説《ことば》は危険なものだったはずだ。

しかし最も重要だとされたあの二項を、「自分（自分が好むもの）を世界の中心にするな」「赤の他人も自分と同じ重みを持つことを忘れるな」と読めば、個々の人間どうしの関わり合いにおいてなるほどこれ以上の戒めは無い。そして「近代的な個人」はこの戒めとは真逆だ。

「近代的個人」にとって、この私ほど確かで揺るぎないものは無い。この私、あるいはこの私が好むものが世界の中心であって、他のものは私が自分の都合でどう意味づけるかによって重要度が決まる。他人も私の都合に良ければ良い人で、私の都合に悪ければ悪い人だ。どいつもこいつもこの私が認める限りで、私と同等だ。あいつは□□だから同等の人間ではない。こいつは〇〇だから同等の人間ではない。もちろんこの態度自体は、ナザレの人の以前から人間が陥りがちなものであるけれど、「この私」を超える何かなど決して認めず「この私ほど確かなものは他に無い」と自信満々の個人なら怖いもの無しでその態度を貫くことも可能だろう。「あいつは〇〇だから」の〇〇や□□はすべて言い掛かりなので、言っている側の都合でどのようにも変わる。ごく近い将来は「こいつの遺伝子は〇〇だから」「こいつは遺伝子操作されて出生したのだから」同等に扱わなくて良いという発言が普通に聞かれるようになるのだろうか。

「罪無き者が石を投げよ」という言葉で、何故男達がすごすご退散してしまうのか、高校生の頃の筆者には釈然としなかった。しかしこれもやはり、「一人一人の人間を等しく尊重する」立場と、「俺達集団の維持繁栄こそ第一」という立場の対立として見ると納得がいく。

古来世界各地で、男の性欲に制限をかけようとする文化はあまり見られないようだ。医療が普及する以前の社会では、出生した子の半数ほどは成人せず、そもそも子の出生も一人の女性から二年に一度有れば上出来という状況なら、男の性欲に制限をかけたりすれば自分達の集団を維持できないと思うのは無理もない。自分達の集団の維持繁栄を第一とする視点からの性道徳は、「人口増に結び付くかどうか」で善し悪しが決められる。だから、自慰や同性間の性交渉は悪とされる。夫が妻に嫌気がさしているのに夫婦を続けさせても、人口増はあまり期待できないので、好みの女と再婚できるように男の都合での離婚を認める。妻が産んだ子の実の父が別の男ではないかと疑う夫が多ければ、次世代を担う人材の養育に差し障るので、妻の不貞には厳罰を課す。その一方で、経済的に、知的に、その他何らか社会的に弱い状況にある女性につけ込んで、男が妻でない女性と性交渉することは、見逃される。相手の女性が妊娠したら出産まで支えよう、子供が生まれたらその養育に責任を持って関わろうという意思など全く無い男の性交渉が、建て前では悪とされながら、実際には何の咎めも無く野放しにされている。お咎め無しどころか、そのような無責任な性交渉によって、当の女性が出産はしたもののとても養育はできそうにない子達が常に或る程度出生し続けることが、不妊や、生まれた子が育たずに困っている夫婦への子の供給源として是非とも必要だと見做されていたようにさえ思われる。

そこで重視されているのは、頭数《あたまかず》の確保であり、集団の数量的規模の拡大だ。俺達の集団が数量的に縮小することなど、決して有ってはならない。人数が減少すれば、それだけ他集団との競り合いに不利になり勢力の低下や滅亡の危機に繋がる。他集団との戦いで男の数が多少減っても平気なように、日頃から常に女を孕ませ続けておかなければならない。「産めよ、増やせよ」とは単にそういうことに過ぎず、一人一人の人生生命《ライフ》を大切にしようという意識は稀薄だ。そして男は集団の構成員だが、女は集団を維持するための備品でしかない。「俺達集団の人口が増加するのでさえあれば良し」という観点で作られた性道徳の何と恐ろしいことだろうか。女性の立場からすれば有り得ないほど酷い。もちろん集団の構成員として数の内に入れられる男性達も、一人一人が尊重されたわけではなく、どこまでも頭数だ。だから人口増に結び付かない性的志向を持つ男は苛烈な非難の的となり極悪人扱いされる。

それでも人口の維持増加のための備品扱いされてきた女に比べれば、男はまだましだ。適切な医療処置を受けられなければ、妊娠や出産に伴うトラブルで女性が死亡する事実は今日でも何も変わっていない。現在の社会で妊娠や出産で死亡する女性がほとんどいなくなったのは、出産そのものが安全になったからではなく、医療の普及に依る。経済破綻したベネズエラの妊婦さん達の多くが、自国では医療の提供を受けられそうもないからと隣国コロンビアで出産しようとする事態が二〇一八年に報じられていた。前もって安全が保証された分娩など無い。胎児が娩出され、胎盤が無事に排出されるまでは、妊婦は安心できない。百年ほど前までは世界中どこでも、出産絡みのトラブルで死亡した女性が知人のうちに一人もいない人など皆無だったはずだ。叔母が死んだ。姉が死んだ。あるいは従妹が死んだ。幼馴染みの〇〇ちゃんが死んだ。ほとんどの女性が出産絡みの死を、自分にも起こり得ることと実感していたであろうし、性交渉や妊娠について無知な状態を強いられていた当時の未婚女性ならいざ知らず、既婚女性が見境なく性交渉したがるだろうか。後先も考えず勝手気ままに性交渉しようとするのは、男のほうではないか。

男の無責任さが実質的には何の咎めも受けないというのに、女性に対する扱いの酷さには呆れるしかない。いくら見せしめの為にせよ、「不貞の女は石打ちの刑で殺す」とは何事か。人一人が死に至るまで石つぶてを浴びせられるとは。鋭利な刃物による斬首のほうがよほど苦痛は少ない。石が命中する度、皮が破れ、肉が裂け、骨が砕け、血まみれの肉塊になって死んでしまうまで激しい痛みに苦しめられる処刑の何と酷いことか。

　少しでも妻に情のある夫なら、たとえ実際に不貞があったとしても「さあ石打ちで処刑してください」と妻を突き出すようには思えない。また、思いもよらずに妻の不貞を目にした夫が激昂してその場で妻を殺したとしても「それは無理もないことだ」と受け取られる社会であれば、自分の手にかけずに「規定通り処刑してください」と突き出す夫は、ずいぶん冷酷だ。しかし夫が他の女と新たに結婚するために、妻に不貞の言いがかりをつけて始末しようとしたのなら納得がいく話だ。それは昔から珍しくはないことだ。たとえば、夫がならず者に依頼して自宅で妻を襲わせ、その男は逃げおおせるように家に入る合図を打ち合わせておいて、現場に踏み込む。このような事は決して稀ではなかったろう。思いもよらず妻の不貞を目にした夫なら、自分で妻を殺そうとするほうが当時の社会では自然かもしれない。突き出されればどうせ妻は死刑を免れないのだから。しかし自分の計略で襲われた妻を、自分で殺すことには気がひけて、「どうぞ規定通りに処刑してください」と突き出す夫の何とも情の無い冷酷さ。当時のその社会では、「事情がどうであれ実際他の男にやられちまったんなら、しかたない。ひとかどの男が、他の男にやられた女を妻にしておくわけにはいかないからな」ということで、夫が突き出した以上、規定に則れば彼女は死刑に処されるのだろう。二十一世紀になってもなお、ほぼ同様のことが女性達の身に振りかかっている地域がある。父親や親族の承認を得ずに「勝手に」結婚した女は殺されて当然という地域。強姦されたと訴え出たら、強姦されるような女が悪いとして処罰される地域。一体いつまでこんなことが罷り通るのか。

　このような状況を考えれば、「罪無き者が石を投げよ」という言葉の実効性に納得がいく。もちろん、当のその女性が実際にはどのような経緯で処刑されそうになっていたのかを、断言はできない。ただ当時の社会で、妻の実家から経済的援助を受けたことがある等、何らかの事情で離婚を言い渡しづらい妻を夫が体《てい》よく始末して、新たに別の女と夫婦になるために、姦通が口実にされることが稀ではなかったろうとは思われる。

だからこそ対立していた人々は敢えて、ナザレの人に問うたのだろう。もちろん表立って口に出したのではないが、問いかけの意味は以下の内容だ。あなたが主張するように、離婚（夫から妻への離別通告）は決して認められないとすると、どうしても別の女を新たに妻にしたい男は結局、姦通をでっちあげてでも現行の妻を始末しようとするだけではないか。あなたはそれでかまわないのか、と。もし彼が（当時の社会ではそう言わざるを得ないが）「死刑は当然だ」と答えれば、「離婚を認めないと、気の毒な事態が増えるのだ」となり、「離婚はやはり認められる」と言えば、「彼は前言を撤回したぞ」と言いふらせる。それに対するナザレの人の答は周知のとおり。

実はほとんどの大人は知っている。婚姻外の性交渉の発因は男の側に有ること。裏では不品行で後ろめたい行状の多い男ほど、表では不義密通など怪しからん、絶対に許されないぞとやいやい騒ぎ立てがちなこと。無責任な男達の婚姻外の性交渉によって、辛酸を舐めるのは専ら女のほうであること。年端の行かぬ未熟さや頼りがいのある身内のいない弱い立場に付け込まれた若い女達が婚姻によらぬ出産を余儀なくされ、当時の社会の「正規の人生コース」から外された後でどれほど過酷な人生を歩むはめになるか。そしてそのきっかけを作った男のほうは、素知らぬ顔を決めこんでさえいれば、何の不利益も被らずに済ましていられること。大人、年長者ほど、これらのことを良く知っているではないか。

だから改めて正面から、「男達はどうなのか」「男達が日常的に実際にやっていることは、そんなに立派なのか。婚姻外の性交渉を一度もしたことが無いというのか」と問われれば、「さあ処刑だ、石打ちだ」とやいやい騒いでいた連中は引き下がらざるを得なかっただろう。ナザレの人の説く性道徳は至って真面《まとも》だ（女の立場からすれば）。古代の社会においては確かに異色だが、女を人間扱いしない古代社会（地域によっては現在も続いている）の因習のほうこそ不当なのだ。

現世統治の為の解釈なら、「必ず人口増加に結び付くようにだけ性交渉しろ」となるのだろう。しかしながらナザレの人は、「性交渉は汚いものだが、生殖に繋がる場合のみ容認される」などとは言っていない。確かに彼は性交渉にかなり抑制的に発言している。しかしそれは、「相手の女性が妊娠したら生まれてくる子の養育に責任を持って関わろう」という意思など全く無しに、ただその時自分がすっきりしたいだけの性欲が罪悪だと言っているだけだ。「相手の女への責任とか、孕んだ子に対する責任とか、そんなことまで考えてやってるわけないだろ！」という性交渉が圧倒的に多いので、抑制的に発言せざるを得ないわけだ。混同されがちだが、この二者は明確に異なる。そしてまた、「夫なら妻を憂さ晴らしにどう使おうと勝手だ」などとも彼は決して言っていない。

「罪無き者が石を投げよ」の逸話については、古い写本に記載が無いことを云々する議論も有るようだが、ナザレの人の教えはもともと口伝えで広まり、人口に膾炙するようになったものだ。そして最初期に帰依したのは、社会の底辺の人達と底辺に位置していたのではない女性達だった。彼の教えは、当時の羽振りの良い男達には受容し難いものだったはずだ。従って、多くの人に広く知られていたものの、文字化する際に男の立場からは都合が良くないとして、文書として記載されなかった、あるいは削除された逸話も少なくないと思う。そして「私もあなたを処罰しない」がこの逸話の最後であって、「今後悪いことをするな」は、後で付加された余計な一文だと筆者は考えている。

またこれも忘れてはならないが、預言者として評判になったものの長老達から不審に思われていたナザレの人には、何を言おうと誰をも黙らせる絶対的権威など無かった。絶対的権威者なら、「大いなる慈悲深さ」を発揮して、「夫の留守中に間男を引き込んだ女を許した」としても、彼自身の評判を落とすことにはならないかもしれないが、ナザレの人の状況はそうではなかったはずだ。別に何の問題が有るわけでもない（だから夫が離婚を言い渡す理由に困る）、そして間男を引き込むなどするはずがないと周囲の人々から思われている女性が、悪企みによって死刑にされる事態を見事に阻んだからこそ、その賢明さが人々に鮮烈な印象を与え、評判を更に高めた逸話だったと考えるのが妥当だ。もちろん公平に見れば、男達の日常の行状からして、たとえ彼女が自ら不貞行為をしたのであっても死刑にされるのは不当だ。けれども有夫の女が姦通したら死刑で当然という当時の社会では、「あぁまたあの気の毒な（強姦被害者が酷《むご》く処刑される）事態か」という周囲の目があってこそ成立した場面だろうと筆者は思う。不貞の現場の証人にされるべく、その夫と共に家に入ることになった男性などは、「あぁ良かった。これは不自然だと私も内心では思っていた。あのまま彼女が処刑されていたら、寝覚めの悪い日が続くところだった」と周囲の人達に語っていたかもしれない。

いずれにせよ彼は、「カッコイイ発言をして颯爽とその場から立ち去った」のではなかった。彼はその場に留まっていた。「こいつに石を投げていいぞ」と言われさえすれば喜々として力一杯石を投げつけようとする人達、昔も今も変わらぬそのような人達が本当に一人も居なくなるまで、何気ない様子で、しかし確かに彼は彼女の近くに留まっていたのだ。事情はどうあれ、「夫でない男とやっていたには違いない女」としてそこに立たされていた一人の女性の近くに。「姦通した女」のこの場面は、当時の社会ではとりわけ厄介で危険な罠であって、ナザレの人が発言するまでにかなり時間を要したことが窺える。彼の弟子が後に実際に命を落としたように、ちょっとした言葉の選び方、語り方一つで「この不届きな涜神者に石を投げろ！」という状況になりかねなかった。しかし考えてみれば彼は常に、その危険を負って発言を続けていたのだ。

内戦が五年以上も続いている国の、空爆によって多くの建物が破壊されたままの町で、一～二才児を抱えた女性達の姿が決して少なくないことに筆者は驚愕する。彼女達は、いつ空爆されるかわからない状態の町で、妊娠し出産したのだ。たとえ夫の子だとしても、彼女達はその状況での自分の妊娠を望んだのだろうか。内戦状態ではない時期の中東の国での日常を題材にしたドキュメンタリー中に、以下のような場面があった。定職に就いて真面目に働いている三十代の男性が「今は子供が五人だけど、後二人ほしいと思っている」とにこにこしながら話していた。彼の妻もその場では笑みを浮かべていたが、他の人達がいない所で女性スタッフが改めて尋ねてみると「本当は五人でもう充分だと思っている。どうか妊娠しないで済みますようにと祈っている」との返事だったそうだ。

「内戦状態の地域だからこそ、次々に子供が生まれるんだろう」と言って平然としている人を筆者は残念に思う。二度の流産と二度の出産しか筆者自身は経験していない。けれど、人間の子が、水の中でカエルの卵が孵化するように生まれてくるかの如く語る人を、筆者は本当に残念に思う。それに対して「その(混乱を極める)日に身重の女や乳児《ちのみご》を抱えた女は気の毒だ」と語ったナザレの人は、妊婦や乳児の世話をしなければならない女性の多大な負担をきちんと意識していたのだと敬服する。

人間の出産や乳幼児の育成は、チームを組んで行うのが本来の存り方だ。他の哺乳類なら、母個体が単独で出産し、生まれた子はまもなく自力で歩行して自分で乳に吸いつくかもしれないが、人間はそのような具合にはなっていない。人間の出産に介助は必要だし、生まれてきた子も個体としては未熟で、歩くどころか自分で乳に吸いつくこともできない。子が自力でどこへでも歩いて行けるようになり、自分で食事もできるようになるまでの保育の負担は著しく大きく重く、チームを組んで助け合って行うのでなければ、円滑には進まない。一人で一児の世話を全部引き受ける母親が三人いる状態では、過重な負担のせいでそれぞれ皆が倒れかねないが、三人がチームを組んで三乳児の世話をするのなら、母親各人の負担はかなり軽減される。

　昔から人間の社会では、歩いて容易に行き来できる地域ごとに女性達がチームを組んで、出産と育児を助け合って行ってきたはずだ（その意味で現在の日本は異状な子育て環境になってしまっていると思う）。しかし平時なら円滑に行える助け合いも、激烈な自然災害や戦乱のただ中ではそれどころでなくなり、ちょうど折悪しくその時に出産することになったり、産後間もない女性などは本当に大変だ。それがいかに大変で、悲惨な結果になりかねないかをきちんと考えに入れている男はそれほど多くない。

　そういう男の意識が、二千年前も現在もたいして変わっていない地域のほうが圧倒的に多いから、内戦や政情不安や長引く食料危機にある国や地域で劣悪な状況が何も改善していないまま、出産を迎える女性達が今日も少なくないのだろう。男達は無責任すぎないか。皆無だとは言わないが彼女達がその状況で心から出産を望んだとは考えにくい。しかし治安が悪く食料も不足しているなか、本人が望まなくても妊娠は成立する。適切な医療処置によって妊娠を中断するのでなければば、出産するほうがまだ命を落とす危険が少ない。
ナザレの人が二千年も昔に男達に向かって、「女は消耗品でも嗜好品でもない。気に入らないとか飽きたとかで取り換えできない。女が出産に際して負う危険を考えてみろ。無責任な性交渉など決して許されるはずが無い」と言っているのに、二千年たっても相も変わらずだ。彼の言説《ことば》の読み解きはここまでにして、どうしても書いておかなければならないことが筆者には有る。

「正真正銘の強姦によっては、妊娠することなど無い」と合衆国の公職に就いている中年男性が発言する場面を、ドキュメンタリー番組で見て、筆者は唖然とした。人工妊娠中絶は決して認められないとする立場を取る人で、言外に「人工妊娠中絶をしようなどとする女は、やってもらいたくてやったんだろ。あるいは小遣い稼ぎが目的でやったんだろ」というニュアンスが滲み出ていた。戦乱に乗じた酷い性暴力を受けて妊娠したことに苦しむ女性達が二十一世紀の今日も少なくない状況だというのに、いい年をした男が堂々とでたらめな主張を公に語ること一つを取っても、人間の性行動と生殖に関しては「無知でいて構わない。むしろ無知でいるほうが良い」という風潮が世界の多くの地域で続いてきたことの弊害の深刻さに頭を抱えてしまう。

先の東日本大震災で、数週間以上も避難所での生活を余儀なくされた女性達が、月経処理用品をスムーズに入手できずに非常に困ったという。女性が月経処理用品を必要とすることを、タバコを欲しがることと同様に考えるという著しい誤解をしている男性が避難所のリーダーであった場合などを考えると、彼女達の苦労に胸が痛む。女性ならすぐに気付くことにまるで思いが及ばない男性が少なくないとすれば、それは彼ら個人の問題というより、性教育がいかに不充分であるかの反映だ。性行動や生殖に関して、女性が女性自身の、男性が男性自身の身体や心の様々な問題に理解を深めるのと同程度に、いやむしろより詳しく丁寧に、異性の身体や心理機構を理解できるような教育、年齢に応じた段階的で系統立った働きかけが絶対に必要だ。それが小学生の頃から実施されても決して早過ぎるとは言えないのに、実態はどうだろう。

たとえば、『ファーブル昆虫記』のファーブルが教師をしていた頃、植物の受精のしくみを授業の題材としたことについて「不道徳」！だと大きく問題にされたようだ。十九世紀のフランスでのことだが、当時の他の西欧諸国でもほぼ同様の状況だったろう。二十一世紀の今日の日本でも、人間の生殖・性行動に関する正確で充分な知識を教育現場で伝えようとする取り組みに「ケシカラン」と中止を求める人々がいる有様《ありさま》だ。

なるほど、四～五才児から「赤ちゃんはどうやって生まれてくるの」と尋ねられて、「こうのとりが運んでくる」とか「夜中にキャベツ畑ですやすや寝ているところを連れて帰る」などと答えるのは有り得るのかもしれない。しかし思春期を迎える頃になってまで、人間の生殖についての正確で詳しい情報提供をしないことや、自分と他人との性的な関わり方についてしっかり考える機会を積極的に設けようとしないのは、非常に危険で憂慮すべき事態だ。あやふやな知識や間違った思い込みを持ったまま行動して、自分や他人を傷付けてしまう若者達を増やしていいはずがない。そもそも性行動や生殖を巡る問題について議論するのに、「キャベツ畑ですやすや寝ている無垢な赤ちゃんを踏み潰すなど全く言語道断だ」くらいのトンチンカンな正義を振り回されても無意味だし害悪だ。

妊娠は当の女性本人の希望や意志とは無関係に、成立したりしなかったりする。子の誕生を待ち望む仲の良い夫婦間で妊娠が成立しない一方で、紛争時の治安の乱れに乗じた性暴力で妊娠してしまう女性が少なくない。自分の妊娠を嬉しく思えるなら良いが、ただひたすらおぞましく嫌悪しか感じられない場合が確かに有る。

もちろん胎児の側からすれば、生物学上の親が自分をどう評価するかによって自分の価値が変化するのは不当だろう。第一子だから丁重に扱われ、五番目や六番目の子はもう不要だとか、男の子なら要るけれど女の子なら要らないとか。そして理屈としては、「強姦で生じた胎児でも、生物学上の父親とは別人格の人間になるはずだから、中絶されるべきではない」という主張も有り得るだろう。曰く、「他人に養育を委ねる状況が用意されているなら、少なくとも出産はすべきだ」と。理屈としては。そのような理屈に対して筆者が気になるのは、妊娠と出産がどれほど当の女性に不快と不便と危険をもたらす負担であるかを認識したうえで、その人が議論をしているかどうかだ。

たとえ母個体が望んだ妊娠であっても、胎児は母個体を脅かす存在だ。人間の場合は特に、母個体に生命の危険をもたらしがちだ。胎児は、母個体の生存には何の必要も無い異物であって、それが九ヶ月ほども居座る。母個体が摂取する栄養を横取りしながら、その異物が大きくなっていく。母個体が摂取する栄養が不充分なら、母個体を害してでも胎児は成長し続ける。母個体はおよそ九ヶ月にもわたって、体内に抱えた異物を原因とする不快と不便を余儀なくされる。その寄生物が母個体の外に出ようとする時に、母個体にとっての最大の危機が生じる。

人間の出産は他の動物よりも著しく危険が高い。女性が出産に際して適切な医療処置を当たり前に受けられるようになるまでは、控え目に言っても百件の出産あたりに五件ほどは死亡していたはずだ。そして栄養や衛生の点で劣悪な状況下なら、もっと高い死亡率に容易に上昇しただろう。もしこれを大袈裟に言っていると思うなら、数百件以上の分娩に立ち会った産科医師に尋ねてみるとよい。出産で死亡する女性が激減したのは、出産自体が安全になったからではなく、医療の普及に依る。ほんの百年前までは、この日本でも、身近な女性の出産関連の死亡を見聞きした経験が無い人などおそらくいなかった。そして確認しておきたいのは、実際の分娩の進行を妊婦本人は制御できないということだ。

安産のために本人が努力できることも、少しはある。適切に運動をして筋力を保ち、栄養をきちんと取るが肥満はしない、などだ。しかし本人ができる対策はそれくらいで、初産が安産だったからといって二回目も三回目も安産で済む保証は無い。人間の胎児はぎりぎり何とか出生できるほど大きな頭で生まれてくるので、危険な出産にならざるを得ない。新生児は小さいと言っても、身長は五十センチほど、体重は約三キロ、頭囲はほぼ三十センチあり、胴体には四肢が付いている。そんな大きなものが楽々と通り抜けられるような穴など女性の身体には無い。

考えてみてほしい。二個連結したピンポン玉があって、一方の玉からは竹ヒゴが四本、それほど長くないけれど突き出ている。それを鼻の奥から、鼻の穴を通じて外に出せと言われたらどうだろう。そんな無茶なことを！と思わないだろうか。しかしそうせざるを得ない立場に自分が実際に置かれたとしたら？もちろんそんなものが鼻の穴から易々と出てくるはずもない。それを押し出そうとして筋肉が強く収縮する力が、激烈な痛みを感じさせる。二連結の玉が丸いまま出てこれるはずも無い。竹ヒゴが突き出ていないほうの玉が先になり、ラグビーボールのように細長く変形し、粘液をまとった状態でぐるりと旋回しながら出てきてくれたら幸いだ。それなら次の玉から出ている竹ヒゴも玉に沿った状態で出てくることになり、鼻の穴の端が少し裂ける程度の傷を負うくらいで済む。体外に押し出そうとする際の激烈な痛みも、それほど長く続かずに済む。安産と呼ばれる出産はそのようなものだ。

しかしもし、四本の竹ヒゴが突き出ている玉のほうが先になって出てこようとするならどうか。実際の出産では逆子と呼ばれる事態だ。身震いするほど恐ろしくはないか。竹ヒゴ四本が突き出た玉が先では、うまい具合に出るのは難しい。順調に出てくれないので、押し出すための激烈な痛みも長引くことになる。

やっとのことで何とか連結ピンポン玉を出せたけれど、あなたの鼻の鼻中隔が裂けてしまい、更に酷いことには小鼻も顔面から剥がれるほどの傷を負ったとしたらどうか。ぞっとする事態ではないか。そしてそれらの傷を修復するための適切な医療処置を受けられず、治らないままの状態で生活せざるを得なくなったらどうだろう。顔面が慢性的に痛み、鼻をかむこともできず鼻水が垂れ流れるまま、顔を満足に洗うこともできない状態。自分がもしそのような状態になったら？

実際に胎児が母体から出てくる穴（膣）は、尿の排出口と便の排出口の間にある。経膣分娩が困難だと判断されれば、現在の日本なら病院で腹部の切開を受けられて、母体が深刻な損傷を負う事態を免れることが可能だろう。ところが二十一世紀の今日でさえ、世界の一部地域では、女性が出産に際して適切な医療を受けられないでいる。難産で激しい痛みに長時間苦しみ、なんとか死なずに済んだものの負った裂傷が深刻で、排尿や排便に困難を抱えた状態で生活せざるを得なくなる女性達が、現代の世界でなお生じている。

何が「案ずるより産むが易し」だ。少なくとも男はそれを言うな。出産の危険を負う可能性の無い者がそれを言うな。難産になるか安産で済むかは、妊婦の心がけや努力ではどうにもならない。分娩の進行を当の妊婦が制御することはできない。初産が安産だったとしても、二度目、三度目も無事だという保証など無い。適切な医療を受けるあての無い状況での出産はロシアンルーレットだ。それなのに五年以上も激しい内戦が続いている国の荒廃した町で、乳児を抱えた母親達の姿が少なくない状況を報道で目にする度に、心底ぞっとする。内戦下の混乱した状況で女達に出産を余儀なくさせる男達の無頓着さに本当にぞっとする。

「案ずるより産むが易し」これは母親が、出産を迎える娘にかける言葉だ。現在のように医療処置を適切に受けるあてのないその昔、控え目に見ても百件中に五件ほどは妊婦が死に至る出産だからこそ、そして事前の努力や心がけなどでは実際の分娩の進行を本人が制御できるわけがないからこそ、難産などであってたまるか、死んでたまるか、という切実な願いを込めて「心配しなくても大丈夫」と娘に声をかけるのだ。つい百年ほど前まではどの女性も、出産で命を落とした女性を見聞きしたことがあっただろう。あの人は初産で亡くなった、あの人は三度目のお産で落命した、と思えば、妊婦さんが自分自身のお産について心配するのは当然だ。しかし妊婦が、強い不安や恐怖を感じた状態で出産を迎えることは良くない。間隔を置いて次第に激しくなる陣痛が、自分は死ぬのかと思うほど耐え難い痛みに達した時、恐怖のあまりパニックを起こしては、円滑な分娩の進行にとって良くない。「この激烈な痛みも胎児が出てしまえば終わる。大丈夫」と妊婦自身が思っているか否かは重要だ。

※現在では麻酔しての分娩が可能になっているので、希望する人は利用できることが望ましいと思っています。

実際のところ、身体の柔らかな胎児が、頭から先に頭をラグビーボールのように変形させて、ぐるりと旋回しながら出てきてくれるなら（そういう場合のほうがかなり多い）、分娩はそこまで悲惨ではない。胎児がそのようにして出てくるのなら、妊婦の骨盤が小さすぎたり、胎児が大きすぎたりしない以上は、陣痛は激烈でもそれほど長く時間がかからずに分娩できる。運動をよくしていて体格の大きな妊婦さんなら、「お産なんて、あらこんなもの」と思うほどの軽さで済む場合も珍しくないだろう。確かに妊娠出産は当の女性にとって大きな負担ではあるけれど、特に医療処置を受けなくても、数週間もすれば元気に回復できる場合のほうがずっと多い。そうでなければ人類はとっくの昔に滅亡していただろう。ただし、自分は安産で済んだ女性が、出産時にトラブルが生じた女性に対して、努力不足だの心がけが悪いだのと言うのは勘違いにも程がある。

それにしても、全く医療処置を受けられない場合の出産百件あたり五件ほどの死亡は恐ろしくないか。もし男性がこれとほぼ同じ程度の危険、すなわち百回の射精のうち五回ほどは死ぬ可能性があるというなら、ほとんどの男は怖気づいて、人類はとっくの昔に滅亡していただろう。生殖については、男女で負担の著しい不均衡がある。どうにも埋め難い大差だ。一回の妊娠出産の度毎に女性が負う危険と困難を考えれば、男性は生殖に際しては生命の危険を負うことがほぼ無く、しかも知らぬふりを通せば、子の養育にも責任を負わずに済ますことさえ可能な状況に、唖然とするばかりだ。

生殖に際して、男女で負担にあまりにも大きな不均衡があるからこそ、「女に知識を持たせるな」が、世界の多くの地域で昔から徹底されてきた。女が自分の頭で考えるようにさせるな。女に発言権を持たせるな。だから古来延々と、女性達は何だかわけのわからないうちに妊娠し、出産せざるを得ない状況に置かれてきた。そして多産の女性が称えられる一方で、出産しない女性には「惨めな役立たず」というレッテルが貼られ、出産しないことへの罪悪感・敗北感が深く刷り込まれて内面化するよう仕向けられてきた。

なるほど、出生した子の半数程しか成人が見込めない状況では、その集団を維持存続させるために、「女達には可能な限り妊娠出産を繰り返してもらわなければ」と指導的立場の者は考えるだろう。生殖について全く一方的に負担の大きな状況に置かれていることに抗議するような女達を出現させず、黙って女達がひたすら妊娠と出産を繰り返すように社会が圧力をかけ続けなければならない、と。

けれども状況は変わっている。医療が普及した社会では、出産による死亡は激減し、出生した子も九割以上が成人する。そのような社会であれば、女性が自分の人生の何年間かを次世代を担う人々の出生のために進んで費やしてくれるように手厚く支援すればいいだけではないか。出産を強制されることのない先進国で出生数が減るのは、（経済活動の外でタダ働きとして扱われてきた故に）出産・育児の社会的評価があまりにも低すぎて割に合わないから。男は出産できないにしても、子の育成にもっと関与すれば良い。出産が不快と危険を伴うとしても、社会の存続に不可欠だというなら、敬意を持って相応の待遇や支援を提供することで引き受け手を確保すれば良い。消防士がそうであるように、強制する必要はないだろう。

※これは代理母を推奨するものではありません。

現代の消防士は、かなり質の高い装備をした状態で火災や事故に立ち向かうが、それでも身の安全が保証されているわけではない。消防士の例えを用いるなら、女達はずっと昔から装備らしい装備も無いままにその役割を果たしてきたと言える。出産に臨むということは、小さな火事が起きている部屋から子供を一人助け出すようなものだ。たいていはすぐに子供が見つかり、たいした火傷も負わずに部屋から出てこれる。しかし時には子供が格子柵の向こうに居て、すぐに連れ出せないことがある。手間どっているうちに火の勢いが増して大火傷を負う可能性が高くなる。子供諸共死んでしまうか、死にはしなかったが、酷い火傷跡を抱えて生きていくことになるか。またあるいは、子供は順調に外の人に手渡せたものの、自分が部屋を出ようとするその時に爆発的な火炎が生じて死んでしまったりもする。多くの場合は、子供も自分も無事で済むのだけれど、どうしても数パーセントの割合で致命的な事態が生じる。そして誰がその数パーセントに当たってしまうかは、装備など無いままで消防士の役割を果たす女性達自身は前もって知りようがなかった。

ほんの百年ほど前まで、ほとんど強制的だったからにせよ、女性達はそのような状況で消防士的役割を引き受け続けてきた。だからこそ人間社会は存続してきた。人間社会が今日まで存続して発展を続けてきたのは、八～九割方は女性達の働きに依る。自分自身の生存には不要で、かえって自身の生命を危険に晒す妊娠出産を多くの女性が引き受けてきた。それはもちろん、「そうするのが当然だ。しなければ恥であり惨めだ」と社会から強い圧力をかけ続けられたからでもあるけれど、新たに一人の人間を世に送り出すことに大きな意義を実感して、「よし、引き受けよう」と前向きに捉える女性は多かったと思う。社会の仕組みに沿って結婚しただけのことであって、別に好きで夫婦になったわけでなくとも、よほどの事情が無い限り、女性達は自分の妊娠出産を前向きに引き受けてきた。そうして人間の社会は次世代へと引き継がれてきた。妊婦や乳児を連れた女性を、別に神聖視する必要は無いが、決して軽んじてはならない。出産と育児を誰も引き受けない社会は直に滅ぶ。産業廃棄物をそのまま垂れ流しても「外」の自然が勝手に浄化してくれるという幻想はさすがに消えたようだが、女達が経済活動の「外」で次世代の人間をタダで次々に供給して当然という迷妄は、未だに根本的には改められていない。だから今日の社会状況では、正当に評価されず全く割に合わないとしか思えない役割の引き受け手は減るだろう。

身近な女性が出産で命を落としたことを知っていてもなお、多くの場合女性達は自分の妊娠出産に前向きに臨もうと思える。生物としての自分個人の存続には不要で、それどころか危険をもたらす出産を「よし、引き受けよう」と思える場合が多いのだけれども、それでもどうしても、「とても引き受けられない」としか思えない場合が有る。そしてそれは残念ながら稀ではない。

「とても出産など引き受けられない」としか思えない妊娠が残念ながら稀ではないのは、つまり無責任極まりない男の性行動が、稀でないどころか昔からありふれているからだろう。ここで本当に筆者は憤りを感じる。女性が「出産を引き受けられない」と悩む場合に、どうしたことかたいてい「男の無責任な行動」は遠い背景に押しやられている。そしてそこで問われるべき事が、無垢な新たな生命とその女性の「都合」！との対立であるかのように摩り替えられている。しかし問題は決してそういうことではない。軽んじられた女性の人生《ライフ》が、軽んじられたまま進行していくことを良しとするのか、それとも軽んじられる事態が発生する前の状態に復帰する、つまり原状回復を当然だとするのか、という問題だ。それは生命と生命の対立であって、生命と「都合」の対立などではない。自分の生命とはもともと利害が対立する胎児を、九ヶ月も抱えて新たな人間として世に送り出す器量を多くの女性が持っている。けれど自分の人生《ライフ》を著しく軽んじられたと判断せざるを得ない経緯での妊娠については、とてもではないが出産を引き受けられないと思うのが当然だ。女性が一人の人間であるからには。

ところがごく最近まで（地域によっては現在でも）、女は人間ではなかった。成人男性だけが人間であって、女は人間（男）を再生産するための手段でしかなかった。もちろん地域によって差は有ったにせよ、「女性が一人の人間として重んじられるべきだ」という発想がそもそも無い所では、自分の妊娠を出産まで引き受けようとしない女は言語道断だったろう。しかし権利として認められようが認められまいが、事実として女は男と同じく遙か昔から人間だった。他の哺乳類のメスが、自分の妊娠について、「これはとてもではないが引き受けられない」と悩むことが有るのかどうか知らない。しかし女は人間だから、遙か昔からそのような場合が少なからず有る。

戦時の混乱に乗じた性暴力による妊娠を、どうして引き受けられるだろうか。しかも三才の息子を目の前で残忍に殺害した男から受けた性暴力の結果としての妊娠を。ライオンの場合、何頭かのメスと子供達を伴った一頭のオスを倒した別のオスが、前のオスの子達を殺して自分の子をメス達に産ませる例が有るようだが、その場合のメス達が悩み苦しむのかはわからない。しかし人間である女の場合は、耐え難いほど嫌な思いをする。嫌でたまらないし、おぞましいとしか思えなくても、適切な医療処置に依るのでなければ、妊娠の進行を止めようとする試みは、子宮を傷つけるなどでその女性の死亡につながる場合が多い。

その事態に対して、「無垢な生命を殺そうとするから罰としてその女が死ぬのだ」などと平気で言う人がいることに驚き呆れる。「胎児を殺すなんておぞましい」と言うより、自身の妊娠をとても引き受けられないと当人に思わせる男や社会の在りようのおぞましさを思うべきだ。現に自分の妊娠に悩み苦しんでいる女の側におぞましさなどは無い。人間が死亡する際に「霊妙な尊厳玉」が身体から抜け出る瞬間など無いように、それが入り込む瞬間などというものも無い。一人一人の人生生命《ライフ》を尊重することを、「霊妙な尊厳玉はいつ体内に入って、いつ脱け出るのか」という類の問いにしてはならない。「ソンゲン、ソンゲン」とがなり立てる人は多くの場合、「人間《ひと》一人が生きていること」をお互いに本当に大切にしようとする態度を欠いている。母体と独立に生存しえない胎児は、可能性として人間であっても、「既に現に人間」ではない。既に現に人間である当の女性が、自分の妊娠を引き受けられないと判断するのなら、「その意思が尊重されるべきだ」に尽きるのであって、代わってその妊娠と出産を引き受けるわけではない他人が、口を挟む余地はない。

　ただしこれは何度も確認しておくけれども、胎児に価値の違いが有るなどとは言えない。「価値の低い胎児だから出産を引き受ける必要が無い」と主張できるとは筆者は思わない。これは以下の意味で述べている。「殺人犯の子だという理由で、或るいは、実の兄の妹に対する性暴力で出生した子だからといって、不利な扱いをされてはならない」」は当然だ。しかし母体から独立に既に生存し得ている子の尊重は、自分の妊娠を出産まで引き受けるか否かを当の女性が判断することとは、全く別である。確かにどの胎児にも、他の誰とも対等な一人の人間になる可能性が有るのだとしても、現実に一人の人間である当の女性が出産を引き受けられないと思うなら、優先されるべきは彼女の意志である。「人口増加のためにとにかく女は出産し続けろ（男は女を孕ませるのでさえあればよし）」が長年当然とされ、それが「胎児の尊重」という美名で糊塗されてきたが、問題が摩り替えられてはならないのである。

自分の妊娠は暴力の結果であってとても出産など引き受けられないとその女性が判断する際に、他人が外から見て分かる事などは役に立たない。性暴力は、戦時の混乱に乗じたもののように分かり易い場合には限らない。一見暴力的ではなく、相手の合意があったかのように見える場合でも、冷静に考えれば暴力に他ならない事例は多い。当の女性本人が後日冷静に考えて、自分は性暴力を受けたと判断するのならそうなのであって、第三者がそれを否定するのは不当だ。

かなり昔の映画だが『アパートの鍵貸します』という邦題のアメリカ映画に、一見暴力的ではないけれど明白に性暴力に他ならない例が出てくる。その映画の主人公の勤め先の部長が、その会社のビルでエレベーター係として働いている若い女性に性暴力を振るっている。六番目か七番目かの標的にされた彼女は当初、自分が性暴力の被害を受けているとは思っていなかっただろう。これは人情の自然な流れでお互いに好意を持ったが故の性交渉だ、と少なくとも女性はそう思いたい。が、自分は部長の六番目か七番目かの、いやもっと数多い不倫相手のうちの一人なのだと知れば、それまでの経緯が全く違う様相で見えてくる。

自分は世知に長けた狡猾な男にまんまと騙され、性欲の捌け口として使われたと認めざるを得ない。そう認めるのはとても辛く、認めたくはないにしても。昔から延々と繰り返されてきた汚い手口だ。お屋敷のご主人様が女中さんに「手をつける」のに、強姦されたと騒がれずに済むように「上手く事を運ぶ」というやつだ。外目には暴力的でなく穏やかな成り行きに見えたとしても、それは相手の女性の立場の弱さや無知につけ込んだ性質《たち》の悪い暴力だ。男の側の、「してやったり」という達成感、妻よりずっと若い女と自分本位に性交渉できる満足感、まんまと使われている女に対しての軽侮と裏腹の優越感。どこまで酷いんだ。外目に粗暴な振る舞いが無くても、あの部長はエレベーター係の若い女性に暴力を振るっている。そして女性に対して酷い暴力を振るっても、男にはほとんどの場合何の制裁も無い。「上手く事を運びさえすれば」自分の周辺で働いている女性達に次々に手を出そうと、仕事のできる有能な人材として社内での評価が高く、その社会的地位に何の揺らぎも無い部長。昔々から、お屋敷のご主人様が女中さんに性暴力を振るっても、何の不利益も被らずに済んできたのと同様に。

年若い女性としては、自分が単に「使われた」などとは思いたくない。自分はまんまと騙されて都合良く使われたのだと認めることは辛いから、一人の人物としての自分に相手が心を惹かれたからこその性交渉だったと思いたい。もちろん女性側のその心理を男が狡く利用しているのだけれども、しかし人間の心理に百パーセントなどということは有り得ないので、男の側に嘘と騙ししか無かったとは言えないだろう。そのほんの少しの何かを頼りに、「この胎児を私は出産して一人ででも育てる」と決意する女性がいるかもしれない。それで、女中さんがおとなしく郷里に帰ってひっそり出産したけれども、近親者からの援助を受けられず、やはり育てられないとしてその子を遺棄あるいは殺害してしまったら、彼女だけが罰せられるのだろうか。子捨て・子殺しという汚名を何故女だけが負うのだろうか。実は男が子捨て・子殺しをしているというのに、女への暴力と子に対する責任放棄を男は問われずに済んで、何故女だけが罪に問われるのか。

十六才の女子高校生が一人で自宅の風呂場などで出産し、生まれてきた子を遺棄したあるいは殺害したなどと報道されることがある。DNA鑑定ができる今日、たった一人で出産するという心身両面での損傷を受けた彼女だけを犯罪者扱いするのは不当だろう。その嬰児の「父」は不問で構わないのか。「未成年者相手に気軽に避妊もせず性交渉できる社会」こそ、おぞましい。高校生が男女交際するななどとは言わないが、もし十六才の男子高校生が同じ年の女子高校生と避妊もせずに性交渉していたなら、彼は彼女に暴力を振るったのだ。たとえ外目には粗暴な行動が見られなかったとしても。

交際している男女が並んでたわいのない話をしながら歩いている。男は頑丈なガードレールで仕切られた歩道を、女はすぐ横を多くの乗用車や大型トラックが高速で走行している車道の端を歩いている。二人はいつも楽しく会話しているのかもしれないが、並んで歩く時に常にそうしているのなら、男は自分の安全を確保しながら、女をいつ車に轢かれてもおかしくない危険に晒し続けている状態だ。彼女の人生生命《ライフ》は軽んじられている。男が明確に意識してそうしているなら言語道断だが、多くの場合、実は無知故に自分達がそんな事をしているのだと認識できていないのが本当に悲しいし、やりきれない。性教育を妨げた者の罪は重い。

視聴率さえ稼げれば良いと思っているからなのか、中学生の出産を美化するようなテレビドラマが幾つか有ったけれど、どうしてそんな内容のドラマ放送にスポンサーが付くのか理解に苦しむ。過去に（そして地域によっては現在も）、十四才前後の少女の出産が珍しくはない場合が有ったかもしれない。しかし今日の日本で、女子中学生が出産したとすれば、それはつまり彼女の人生生命《ライフ》が著しく軽んじられた証ではないか。彼女自身の人生生命はどうでもいいのだろうか。次世代を担う新たな生命の誕生こそが優先で、新たな生命の芽が自分の胎内に生じた経緯やその進行について、当の彼女自身が見解と判断を持つこと——年少者などの場合は、彼女自身の尊重を第一に考えてくれる援護者の助けを受けること——は認められないのだろうか。認められないことなど有って良いはずが無い。

筆者自身は、親になり子を育てたいと希望してから、妊娠三ヶ月前後での流産を二度経験した後、三度目の妊娠で出産に至った。妊娠初期の流産は珍しくないという知識は有ったので、最初の時はそれほどではなかったものの、さすがに二度目はショックが大きかった。医師によれば、「妊娠初期の流産は決して珍しくないですし、妊婦さんが何かしたから生じたというわけでは全然ないので、それほど気にせず次の妊娠を待ちましょう」とのことで、それは確かにそうだろうけれど、筆者自身はかなり大きく心理的に損傷《ダメージ》を受けていた。三度目の妊娠が確認できた時の最初の気持ちは、嬉しさよりも「二度有ることは三度有るだったらどうしよう」という恐れだった。自分が意図的に何かしたわけでなくとも、流産すれば単なる悲しみ以上に、何とも言えない嫌な気持ちに見舞われる。もちろん身体にも大きな負担だ。

それが意図的なものでなくとも非常に辛く嫌な気持ちになる流産を、意図的に実行しようとすることが当人にとってどれほど大きな心理的肉体的負担かが解らないのだろうか。嬉しくも楽しくもない、でも自分の人生をよくよく考えれば決断すべきだという、そのやっとの思いでの当人の決意に対して、第三者が何を無責任に言えるのだろう。しかし相も変わらず、女の人生命《ライフ》を軽んじる無責任で卑劣な男の行動は「無かった」かのように隠されてしまい、「無垢な新しい生命」対「女の都合」という偽りの構図に摩り替えられた状態で、女にだけ不当な圧迫と脅しが加えられる。

アメリカ合衆国の一部の活動家達の行動は、信じられないほど酷い。妊娠の進行を止める処置が許せないとして、医療施設を襲撃し、職員達を殺傷する活動家もいた。自分の妊娠に悩み苦しんだ末に、出産しないと決断して処置を受けに来た女性を待ち構えていて、「無垢な赤ちゃんを殺すなんてとんでもない。是非考え直して」と呼び掛けることで、当の女性の精神に損傷を与え、更に一層その女性の人格を軽んじていながら、「私は正しくて良いことをしている」と自信満々の活動家もいた。何ととんでもない勘違いだろうか。呼び掛ける相手が違うだろう。何故男に対して、「無責任な行動で女の人生生命《ライフ》を軽んじるな」と言わないのか。襲撃して破壊すべきなのは、貧しい少女達を買い集めて監禁し、性暴力に晒すことで金儲けをしている組織ではないか。

本当の対立は、「男は自分勝手に行動して構わない」対「女の人生生命《ライフ》が軽んじられてはならない」だというのに、「新しい無垢な生命」対「女の都合」などという偽りに摩り替えられてしまうのは、どう考えても不当だ。しかしそれは、自集団の頭数の確保こそが絶対是であって、自分達の集団の人口が減少する事態は何としても避けなければならないという意識が、それほどに強く長く続いてきたことの反映に違いない。

最初期にナザレの人の教えに帰依した人の多くが、社会的地位が低かったわけではない女性達であり、彼自身が女性蔑視の考え方をしていたとは思えない。が、帝国の国教として押しも押されもせぬ「立派な」姿で成立したキリスト教は、やはり女性蔑視が明白だ。もちろんキリスト教よりずっと酷い宗教は多いけれど。イエス自身が神であったとするために、ヨセフが父であることを否定せざるを得ないのは分かるが、どうして母マリアが「出産時まで処女だった」などと大真面目に主張する必要があるのだろう。ふざけるな、と思う。性交渉したら女は「汚く」なるのか。とんでもない。男はどうなのだ。男は元来このうえもなく汚いから、更に汚くなりようがないということなのか。

先のアメリカ映画の中で筆者がとても嫌な場面は、主人公の男性が「部長の今の不倫相手は、エレベーター係のあの女性だ」と気付く所だ。がっかりだな、というあの表情。「彼女はまだ誰も使っていない新品の折目正しいハンカチだと思っていたのに、なんだ、部長の鼻水にたっぷりまみれたよれよれのハンカチだったのか」とでも言いたいかのような。そんなふうに思う男にこっちががっかりだよ。もしそれを言うなら、男が歯ブラシなんじゃないか。そしてもし「他の女の人が使った歯ブラシなんか、気持ち悪くてとても使えない」と言われて振られた男は、腹が立たないだろうか。当然腹を立てるべきだ。男は歯ブラシなどではない。そして全く同様に、女はハンカチなどではない。「いや男と女とでは違う」などとは決して言えない。

また、先の映画で憤りを覚えるのは、都会に出て働く前の彼女が、郷里で既に性交渉していたという設定だ。「コメディ映画」を観に来ている観客の気分を楽にさせるために他ならない。田舎から都会に出てきた性交渉未経験の「純粋で無垢な」女性を部長が騙したのなら、大変な重罪で深刻な状況だが、「あばずれ女を使った」のならたいして悪くはないな、と観客を安心させるための設定だ。ほとほと嫌になる。でも言わなければ。なんでそんな設定で部長の罪が軽くなるんだ?なんでそんな設定で観客の気分が楽になるんだ?おかしいだろ。

今頃六十年も昔の映画の話をして一体何だと思うだろうか。しかし合衆国の「映画業界の大物」が若い女優達に性暴力を振るい続けていたことが、つい先頃やっと公に断罪された有様ではないか。自分の立場の強さを利用して女達に性交渉を強要しながら、それが明るみに出ると、「女のほうから仕事（金）欲しさに誘ってきたんだ」という男の言い分が通ってしまう事態は、既に完全に過去のものになっているだろうか。

どこまで男に都合の良いジョーシキがのさばっているんだ。風俗嬢をしているなら強姦されてもたいしたことではないとでも？強姦されそうになっても女が大声で叫んで激しく抵抗しなかったのだから、男は悪くないとでも？切りつけられることも刺し殺されることも実際には無いと分かっている女優が、カメラの前で演技するのとは違う。小さなナイフでも本当に突き付けられて脅されたら、大声が出ずナイフを振り払うこともできない女性がいたとしても責められるべきではない。或いはまた、実際に大声を出して抵抗した女性が刺し殺されたなら今度は、「そんなに大袈裟に騒がなかったら、命まで失うことは無かったんじゃないの」という反応が出かねない。どこまで女をバカにするんだ。ふざけるな。

ここまで書いて本当に思う。他人事《ひとごと》だからと自分の身に引き付けてよく考えもせず判断することは恐ろしい。「無実だったら、どんなに酷い取り調べを受けても、嘘の自白なんかしなければいいのに」「私なら拷問されたって、無実の罪を認めたりはしない」災いなるかな、安楽な境遇しか頭にない人。そのような人が裁判官だったりすると、理解に苦しむ判決が出てしまうということか。

とっくに幼児期を過ぎている男が、アリの行列を踏み散らしてはしゃいでいたら、みっともない。強姦するような男はそんなみっともないことをやっている。たとえ強姦の有罪が確定しても服役期間がたいして長くなく、再犯防止に有効な対策も採られていないような社会は、みっともない。小中学生に性暴力を振るった教員が、他の地域に移れば再び教職に就けて、別の児童生徒が新たに被害を受ける事態を生じさせているような社会は、本当にみっともなく恥ずかしい。恥ずかしくてみっともないのは、決して被害者ではない。

これは本当に確かに、そうなのだけれど。

昆虫やその幼虫を食べたからといって、その人が汚れることなど無い。当然だ。しかしそれらを通常の食材だと思って食べている人から、「お口に合えばいいのですが」と差し出されて食するのと、イジメで芋虫を口に突っ込まれるのとは全く違う。芋虫やらミミズやらを食べるよう無理強いされて、でもどうしても嫌でたまらず、激しくむせて涙を流しながら咳き込み、結局嘔吐してしまう。その様を、数人が取り囲んで嘲笑していたらどうだろう。そしてその様子を動画に撮られてネットに上げられたら。

恥ずかしいのは、そんなイジメをしている側だ。みっともないのは、いじめているほうだ。明白なことだ。けれども涙を流しながら激しく咳き込み、嘔吐している様子を嘲笑された人が、自分自身を恥ずかしくみっともないと思ってしまうことも事実だろう。その人自身が恥じる必要など無い。全然みっともなくなんかない。これは確かで、本当にそうなのだ。

しかし現に深く心に傷を負い、自分の身体に肯定感を持てなくなった人に、どう言葉をかけたらいいのだろう。胃から口までひっくり返して体外に出し、漂白剤を使ってよく洗い、天日干しをして乾かす。できることならそうしたい。でもそうしたとしても、心がすっきり晴れるかどうか。ただし人によっては暴力被害の後で、「なんだたかが芋虫じゃないか。芋虫でもミミズでもタガメでもバリバリ食べてやる」として、実際にそうすることで心のバランスを取ろうとする場合もあるだろう。自分の身体を決定的に害する結果が生じずに済むなら、それも有りだと思う。「性暴力を受けた人は、皆このような経過を辿るはずだ」などと一律に決めつけないでほしい。暴力加害の様態はさまざまであり、被害者の心身の反応も回復の過程も人それぞれなのだから。

芋虫でもタガメでも、それを通常の食材だと思って食べている人が、「あなたも気に入ってくれるといいのですが」と差し出す。「せっかくだから食べてみましょう」と食した側が「何だこれは！全然おいしくない」と思ったとしても、心に傷を負うことは無いだろう。何度か食べるうちに慣れるかもしれないし、味付けの工夫によっては、すっかりハマるほど気に入る人がいるかもしれない。

しかし「芋虫なんか、タガメなんか」と思っている人なら、他人に芋虫を食べさせてはいけない。「こんなもの食べられたものか」と思う男が「でもどうしてもそれを食べずにいられない」状態に嫌悪感を持っていることが、問題の核心なんだろう。そしてその嫌悪感を女の側に投射するなど、とんでもない迷惑だが、実際には延々とそれが続いてきた。

性教育は男女共に本当に重要で不可欠だ。長い間多くの地域で人口維持のために当然だった因習、女相手にぶちまけるのでさえあれば良しとする因習とは対極の性教育が絶対に必要だ。内戦に終結の見通しが無い中で、妻の意向など気にもせず妊娠させる夫が当たり前などではなくなるように。「避妊しての性交渉は悪」とは、頭数確保のための因習でしかない。出生した子の半数ほどしか成人しない状況で罷り通っていた因習をいつまで引きずっているのか。内戦が終わりそうもない状況で妻が夫に、「当分は妊娠しないでいたい」と意思表示することに罪悪感を持たせるような社会は間違っている。

思春期を迎えた男の子に、射精自体を恥だとか悪だとか思い込ませない性教育、そして他人を貶める手段としての射精なんて有り得ないと普通に思えるようになる性教育が是非とも必要だ。そして妊娠と出産と乳幼児の保育について男女共に、上っ面で通り一遍の知識ではなく、それがいかに困難で膨大な労力を要する過程であるかを本当に理解できるようにすることが必要だ。生後二才くらいまでの記憶は持たない人がほとんどだろう。けれども、たいしたことは何もしてもらえずに育ったと思っている人でも、現に今生きているなら、(血縁者に限らない)誰かが、本当に膨大な労力を乳幼児期のその人に注いでくれた事実は疑いようもない。現に生きている人は誰も皆、そうしてそこに居る。

結局これくらいのことしか書けないのか。何かいろいろ書いて、結局は自己弁護しているのか、と思う。さっさと距離を取った私だから、さっさと立ち去れなかった彼は、「見捨てた」わけではないと理解できたということか。

「もし再び同じ事をしなければならないなら、私はきっとまたそうする」と言える人が羨ましい。私は何もしなかった。というより何もできなかった。詳しく聞いたわけではない。彼女はただ、待ち合わせの場所に来れなかった理由を伝えたかったんだ。「約束を忘れて他所《よそ》に出掛けたとかじゃないんだよ。待ち合わせの場所に向かっていたけど、本当にどうしようもなかったんだよ」と私に伝えたかったんだ。それがどれほど有り難く尊い気持ちだったかに、私はかなり後になって気付いた。深く心に傷を負った彼女が、でも約束を忘れたとかじゃないことは私に分かってほしいと思ってくれた。それがどれほど有り難いか。自分が受けた衝撃でいっぱいいっぱいだった彼女が、しかし私との約束を勝手にすっぽかしたと思われたくないと感じてくれた、その心の有り難さ。当時の幼稚な私はそこに思い及ばず、むしろ「そんな恐ろしい話を私に聞かせなくても…」と思ったのではなかったか。「急にお腹の具合が悪くなって」とか何かそんなふうに言ってくれたら良かったのに、と。

いずれにせよ、彼女の心の損傷の深さは感じた。そっとしておくしかないだろう。すぐには無理でも一年くらい経てば、それからなら、何とか……。ならなかった。私が適切に支えるなどということが、当時有り得たのだろうか。もしそれができていたら、事態は違っていたのか。彼女の不登校が続いて、クラスの女子の何人かが彼女の家に向かった際に、私は同行しなかった。登校を促す手紙も、私は書かなかった。「薄情じゃないか」「冷たいよね」「何に悩んでいたのか知らないけど、彼女に何度も会ってよく話を聞いてあげるとか、それくらいできなかったの？」私はただ黙っているだけで、何もしなかったのかできなかったのか。

当時の実際の事情はいろいろと込み入っている。良かれと思っての行動が裏目に出たとも言える。その時に本当は何をどうすれば良かったのか。しばらくの間、そんな事は一切考えず、頭の隅に追いやっておこうとしていた。

かなり年月が経ってからやっと、あれこれ考え始めた。当事者の手記、心の損傷の治療に取り組まれている専門家の方々の見解などを参考にして、自分なりに考えた。今だから言えることだが、彼女はできるだけ早く専門家の支援を受けるべきだった。本当にそう思う。しかしその当時に、彼女を専門家の支援に繋ぐなどということを同い年の私がはたして行い得たか。できたはずがないのだから仕方ないと思いながら、でも何か、何か他にできることが有ったのではないかと堂々巡りしてしまう。

けれども黙って距離を取ったことのほうが、場違いな励ましを繰り返すよりはまだましだったのかもしれない。当時の私に何が言えただろう。「くよくよすることなんか何も無いじゃん。明るく前向きに元気出そうよ」くらいしか言えず、結局なんにも分かっていないんだと彼女に思わせるだけだったのではないか。不用意な発言で彼女に余計な苦痛を与える恐れが有ったと思うと、黙りこくっていてまだましだったのか。

彼女は何も悪くない。彼女が彼女であることは、微塵も毀損されていない。なのに何故そうなるのか。愚劣、ただただ愚劣というしかない行動を、当時の私は何故そんなに恐ろしいと思ったのか。彼女がひったくりの被害に遭ったのだったら、違っていただろう。バイクに二人乗りした男達が鞄をひったくって、バランスを崩した彼女が倒れて怪我をしたという事態だったら、その後は違っていただろう。違っていただろう、というそのことに腹が立つ。腹が立つんだ。未だに延々とおかしなことが罷り通っているから。

著者本人による後書き

誰が書いたかではなく、何が書かれているかだけが問題なのだから、「まえがき」も「あとがき」も無しで済まそうとしていた私だけれど、青山さんが「まえがき」を寄せてくれたので、「あとがき」は自分で書こうと思う。

その前に一つ、申し述べておかなければならない。第五章の本文中の「男達は……」という記述は、当然だが、「前段で述べたそのような男（達）は……」或いは「多くの男は……」という意味であって、「すべての男は……」では決してない。気にはなったものの日本語の文章では、文脈上明確な事柄はなるべく省くのが自然なので、正確さを期して敢えて書くと却って変だと判断した。「女（達）は……」も同様で、ご了解頂きたい。

「この人ちょっと変だよね」という意識を相手が少しでも持っていると思うと、もうその人と会話できない。そんな状態だった私でも、青山さんとはまあまあ話ができた。大学で知り合った彼女は、ほとんどいつも穏やかで機嫌の良さそうな表情をしていた。これは近頃でも変わっていないが、本当に素晴らしい美質だと改めて思う。自分自身を振り返ると、様々な場面で他人《ひと》を不快にさせる言動がどれほど多かったかと後悔するが、意図的にそうしようとしたことは少ない。しかし勿論、だからこそ問題だったのだけれど。

高校生の頃、いわゆる小論文対策として、ある程度の量の論述を課されたものだが、びっくりすると同時に怒りを感じたことが有った。「君、誰のどの著作を使って書いたのかね」と五十代後半の男性教諭から尋ねられたので。確かに様々な分野のたくさんの本を読んではいたけれど、少しでも何かまとまったものを自分で書こうとする時に、他人の著作を脇に置いて参照しながらなど、私には思いもよらないことだった。「他人《ひと》の著作をそのまま利用して書くようなことは駄目だよ」という言葉に対して私は、「いいえ、そんなことはしていません。以前読んだ誰かの著作の影響が出ているかもしれませんが」と極力普通の調子で答えたけれども、内心は荒れていた。そして訝った。この教諭は男子生徒に対しても同じように言うのだろうか、こんな決めつけた言い方をするのだろうかと。

小中高、と私は教員に質問をしたことが無い。「面倒臭い生徒だ」と思われるのが嫌だった。これは?と思えば黙って後で自分で調べた。「これが正解です」と定まっているような事柄なら、そうすれば良い。でも未だ明確ではないこと、議論の余地が有る事柄については、どんどん自分の意見を表明しよう、議論しよう、それが大学という所だと純朴に思っていた。個人的な雑談はしなかった私だが、先生の見解に納得できない時に「そこはこのように考えてみたらどうでしょうか」と発言することには何の躊躇も無かった。先生方は概ね寛大で、聞くべきものが有るという場合にはそれなりの対応をしてくださっていたと思う。

大学院生の頃を振り返ってみると、どうしてあれほどイライラしていたのだろうかと自分でも訝しく思う。当時の私は、あれは変だ、これは納得がいかない、それは間違っている、と思うこと頻りだったが、要するに心身共に疲弊していたのだ。自分が不当な扱いを受けているという不満も、振り返ってみれば私自身のコミュニケーションの不具合に端を発していたものもおそらく有った。それで「臆病な自尊心と尊大な羞恥心」に満ちていた私は地道に学問を続けられずに、虎ならぬ太った猫に成り果てたのだった……と言っても間違いではないだろうが、実際のところは学費工面の問題で大学院を去った次第だ。

しかし「提出論文で修士認定はできるが、後期課程に進みたいならこれを取り下げて新たに書き直した論文を来期に提出しなさい」とは一体何だったのだろう。「業界用語を散りばめていかにもそれらしく書く」ようなことは絶対するまいと思っていた私の論文は型破りで、しかも拙ない書き方になってしまった箇所も有った。だから修士認定に足りないと言われたのなら、まだ納得できた。「たった一年留年してもう少し良い論文を書けばいいだけのこと」だったのかもしれない。けれど学部生の頃から通じて授業料半額免除を受け続けていた私には、留年の選択はちょっと難しかった。当時の丸々の授業料と片道二時間弱の交通費を合わせて一年間に約四十万円。それしきの金額かもしれないが、私は留年を選択しなかった。数年働いた後で、自分がどうすべきかを決めれば良いのだと。でも元の専攻科には戻らないだろうという気はしていた。

「あぁこの先生は私の論文を読んではいないんだ」と感じたことと、別の先生の「まぁ僕達がやっているのは所詮言葉遊びだから」という発言と、どちらがより大きく私の気力を削いだのだったか。言葉遊びには確かにそれ自体で優れた値打ちが有る。それは間違いない。ただ言葉遊びもいろいろだ。「クソをミソと言いくるめる」ことを面白いと感じられるのは、コーンポタージュでもオニオンコンソメでもミネストローネでも選り取りに飲める人だろう。薄くても毎度味噌汁を飲むしかない人にとって、味噌と糞を一緒にされては堪らない。

言葉で、人は本当に様々なことができる。責任の所在をうやむやにすることや、実態を覆い隠すこと。人間の醜悪さや怖さ、底の知れない闇を覗き込ませること。そして私は、神秘的な意味などではなく、「言葉は光であれかし」と思ってきた。現に今日の世界で、見当外れの思い込みがのさばっているせいで苦しんでいる人が居るなら、それが見当外れだと言葉で明らかにすれば良い。おどろおどろしい魔物のように思われているものも、的確に言い当てることができたら、その卑小な実像が白日の下に晒されてちっとも怖くなくなる。本当に畏れるべきものを畏れ、恐れる必要の無いものを恐れずに済むようにする言葉。そんな言葉を紡ぎ出したいと、私は思っていたはずだったが。

一冊だけはまとまったものを書こうと思っていた私だけれど、臓器移植法が改正施行される際に止むに止まれず慌てて書いたものが有るので、これは二番目の著作になる。前著はほんの三ヶ月で書き上げた。それまでにかなり考えていた問題だったし、ご多忙な医療関係者の方々に是非早く確かに伝わりますようにと願う肝所が有ったからこそ、短期集中で書けたのだなと今にして思う。比べてこの著作は、三年ほどにも亘ってぐずぐずと書きながら、発表するようなものではなしと幾度か断念しそうになったものの、何とか形に成ってほっとしている。青山さんを始め、後押ししてくださった方々に感謝申し上げる。

二〇二〇年四月　村田　翠

増補改訂版によせて

増補改訂版に寄せて、これは是非付記しておきたいのです。

「目から鱗が落ちる話」の刊行にあたり、懸念が一つありました。それは、私が在籍していた研究科にいらした或る先生を非難するためにこれを書いたかのように誤解されることです。大変お世話になり、私が大学院を離れた後も何かとお心遣いをくださった先生を非難するなど滅相もない、むしろ御恩に報いるためです。

私は大学院で修士の認定を受けましたが、専攻は近現代のドイツ哲学でした。なのでキリスト教学の大家でいらしたその先生は直接の指導教官ではなかったのですが、講義やゼミに参加させていただき、何度かレポートも提出しました。「あなたのレポートを読むと、頭がスッキリしますね」という感想をくださった時にとても嬉しかったことを憶えています。勿論いつでも賞めて頂けるわけではなく、お叱りもありました。「論文として不必要な攻撃的表現が多いのは、良くないです」とのご指摘は、私が切羽詰まってイライラした状態で書いたことを的確に見抜かれたものでした。そしてそれは何より、先生が私の論文を確かに「読んで」くださった証でした。

刊行されたこの著作を献呈する際に、「先生を非難しようなど思いもよらぬことですが、この本の内容から誤解する人が生じるかもしれないと危惧しております」という旨の手紙を添えました。ほどなくして先生がくださったご返信に、「そんな心配は全く無用です」とのお言葉と共に、「これは『告白』ですね」という意味の文章があって、私は本当に嬉しかったのです。レポートも論文も、そしてこの著作も確かに読んでくださった先生から、このうえないお言葉を頂くことができて。

二〇二二年七月　村田　翠

本書は二〇二〇年十月に幻冬舎メディアコンサルティングより
単行本として刊行された作品を改稿し文庫化したものです。

[著者紹介]
村田 翠（むらた みどり）

[増補改訂版《ぞうほかいていばん》] 目《め》から鱗《うろこ》が落《お》ちる話《はなし》

2022年10月5日　第1刷発行

著　者　　村田 翠
発行人　　久保田貴幸

発行元　　株式会社 幻冬舎メディアコンサルティング
〒151-0051　東京都渋谷区千駄ヶ谷4-9-7
電話　03-5411-6440（編集）

発売元　　株式会社 幻冬舎
〒151-0051　東京都渋谷区千駄ヶ谷4-9-7
電話　03-5411-6222（営業）

印刷・製本　シナジーコミュニケーションズ株式会社
装　丁　　荒木香樹

検印廃止

Printed in Japan
ISBN 978-4-344-94063-5　C0095
幻冬舎メディアコンサルティングＨＰ
http://www.gentosha-mc.com/